ラルーナ文庫

ぼくとパパと先生と

春原いずみ

三交社

CONTENTS

Illustration

加東 鉄瓶

ぼくとパパと先生と

本作品はフィクションです。
実際の人物・団体・事件などにはいっさい関係ありません。

ACT　1

ドアノブに手をかけて、志穂野遙《しほのはる》ははっと動きを止めた。隣の部屋のドアが開く音がしたのだ。

〝やば……〟

隣のドアがガチャンと閉まる音がし、鍵《かぎ》をかける音。そして、遠ざかっていく足音。ふうっと息を吐いて、そっとドアを開ける。

「あ……っ」

ドアからひょっこりと顔を出すと、少し向こうで立ち止まり、こちらを見ている鋭い目と視線がばっちり合ってしまった。

「おはようございます、志穂野先生」

「あ……おはようございます……鮎川《あゆかわ》先生……」

鮎川和彰《かずあき》は足の長さを強調するように、ゆっくりと大きなコンパスで歩いてきて、遙の前に立った。

「あの……なんで、戻ってくるんですか？」

遙はそっと尋ねた。このびくびくとした気の弱さがなければ、十分に美しいと言える容姿である。繊細に整ったきれいな目鼻立ちにほっそりとしたしなやかな身体《からだ》。さらさらとした柔らかそうな髪が額にかかって、長いまつげの縁を覆う。うつむいて視線をさまよわせる遙を面白そうな顔で見ているのは、どこから見てもハンサム……そう、美貌《びぼう》とか美形というよりもハンサムな男だった。彫りの深いはっきりとした目鼻立ち。深い二重の目は淡い栗色で、遙の真っ黒な黒目がちの目とは対照的だ。

「ええ、少々忘れ物をしたもので」

「あ、そうですか。じゃあ、僕は……」

こそこそと鮎川の横を通り過ぎようとしたところ、ぐいと腕を摑《つか》まれて、遙は悲鳴を上げそうになった。

「な、何するんですか……っ」

「俺の忘れ物は君だ、志穂野先生」

低く通るいい声だ。耳元で囁《ささや》かれたらくらっときそうな。

「もう五分早く起きたらどうだい？　志穂野先生」

「べ、別にあなたにはか、関係ないと……」

「関係あるね。誰《だれ》かさんはきちんと起こしてあげないと、早朝カンファに間に合わない」

「ち、遅刻したのは一度だけ……っ」

遙と鮎川は、共に愛生会《あいしょうかい》総合病院に勤務する医師である。遙が心臓外科医、鮎川が整形外科医と専門はまるで違うが、外科系というくくりでは、同じカテゴリーに属する。早朝カンファは外科系研修中の初期研修医を集めて行われるカンファレンスで、二十代から三十代前半の若手医師は、当直がかかっていない限り、その指導役として出席するよう院長から言い渡されている。そのカンファに、遙は寝坊して遅刻したことがある。しかしそれは半年も前の話だ。それをいまだにチクチクと言ってくるのが、病院借り上げのマンションで隣に住む鮎川だった。

「一度でも何度でも、遅刻は遅刻だよ、志穂野先生」

「……その先生連呼はやめてください……」

何が嬉《うれ》しくて、医師としてのキャリアも年も上の鮎川に、朝っぱらから嫌みったらしく、先生呼ばわりされなければならないのか。鮎川は遙より五つ年上である。早朝カンファでも、遙はほとんど座っているだけだが、鮎川は指導側の中心となっている。その彼が、なぜ自分に構うのか、遙にはわからない。

「と、とりあえず、手は離してもらえますか……っ」

　このマンションには、二人の他にも病院関係者が住んでいる。いい年をした男が二人、朝っぱらから手を繫《つな》いでいるところなど見られたくない。どうにか、握られていた手は振りほどいたが、そのまま腕をまた摑まれてしまった。ほとんど連行といった雰囲気で、ぐいぐいと引っ張られる。

「は、離してください……っ」

「だから、五分早く起きろと言ってる。悔しかったら、俺が出勤する前に家を出るんだな」

　そりゃそうかと頷《うなず》きかけたが、はっとそこで我に返った。

「僕がドア開けたら、先生にまる聞こえじゃないですか……っ」

　何せ隣だ。しかも、決して高級ではない賃貸マンションである。鮎川はふっと振り返り、ふふっと笑った。苦み走った格好のいい笑みだ。これが自分に向いていなければ、ただ格好いいなぁで終わるだろう。しかし、これが自分に向いているとなると話は別だ。鮎川の笑顔は多分に毒を含んでいるからだ。彼は唇をきゅっと片端だけ吊《つ》り上げて笑った。

「へぇ……そのくらいのことはわかるんだな」

　エレベーターを降り、マンションのエントランスを出る。

「おはようございます」

同じマンションに住んでいる後期研修医が挨拶《あいさつ》してきた。鮎川は軽く遙を突き飛ばす。

「わわ……っ」

転《こ》けそうになっているのをきれいに無視して、クールな表情を決めるのが憎たらしい。

「おはよう。今日のカンファは症例出しだったな」

「はい……っ、緊張します……っ」

〝ここまで人を引きずって来ておいて、あとは無視か……っ〟

鮎川に憧《あこが》れの視線を向けている研修医は、遙には軽く会釈しただけである。結果的に、二人のあとをついて行く羽目になった遙は心の中で叫ぶ。

〝僕のことはほっといてくれ……っ〟

これは毎日繰り返される儀式のようなものだった。確かに、早朝カンファに間に合うように、鮎川が出勤する前に出られるように起きればいいだけの話なのだが、遙は寝起きの悪いタイプなのである。朝に弱く、いくら目覚ましをかけても、気持ちよく起きられたためしがない。いつもなんとかベッドを這《は》い出し、のろのろと支度をしているうちに時間はどんどん過ぎて、家を飛び出すようなことになる。

〝早朝カンファ、やめてくんないかなぁ……〟

考えているうちに、顔をぶっ壊す勢いのあくびが出てしまった。何か気配を感じたのか、まるでタイミングを計ったかのように、鮎川が振り返る。

「わ」

「志穂野先生、その顔、患者の前でしないようにね」

「……はい」

くうっと心の中で拳《こぶし》を握りしめても仕方がない。前を歩く闊達《かったつ》な二人連れのあとを、遙はとぼとぼと歩いていった。


「おはようございます」

「はよーっす」

遙が勤務する愛生会総合病院は、病床数五百の病院だ。地域の基幹病院としての役割があり、毎日忙しい。

早朝カンファを無事終えて、遙は病棟回りの前に、医局に戻った。医局はざっくり外科系と内科系に分かれていて、大部屋にずらっとデスクが並んでいる。若手の医師たちはそこにひとまとめにされ、医長クラスになると、個室の医局がもらえる。

「なんだ、これ」

学会の書類や雑誌が山積みになっているデスクについて、遙はパソコンを立ち上げた。そのキーボードに挟み込むように、お魚柄のメモが置いてある。製薬会社のノベルティだ。

「紹介したい患者?」

さっとメモを流し見ているとメールの着信音がした。

「あ……」

メールの発信者は『Katsumi TABATA』。

「克己《かつみ》だ」

遙はメモを置いて、メールを読み始めた。その口元に笑みが浮かぶ。どうということのない近況報告のメールだが、懐かしい幼なじみからのそれとなると、幼い頃の思い出と重なって、自然と笑みがこぼれてしまう。

「……何言ってんだか」

自分の近況を記し、まだ結婚していないかと、常套句《じょうとうく》が並んだ。

「自分はどうなんだよ」

パソコンのディスプレイを軽く指先で叩《たた》いた時、白衣のポケットでＰＨＳが鳴った。

「はい、志穂野……すぐ行きますっ」

患者の急変だった。遙はパソコンをシャットダウンするのももどかしく、医局を走り出た。

ナースステーションの片隅に、ドクターズテーブルと呼ばれる場所がある。アールを描いたしゃれたテーブルにパソコンが一台と電子カルテ用の端末が二台載っているものだ。そのテーブルに座って、遙はせっせと指示書きをしていた。カルテを開いて、点滴や投薬の指示を書き込んでいく。

「志穂野先生」

その手元が暗くなって、低い美声が聞こえた。この腰にくるタイプの声には聞き覚えがある。毎日、朝一で聞く声だ。

「な、なんですか……」

「俺の紹介、診《み》てくれたか？」

「あ……」

そういえば、朝出勤したら、医局の机の上にメモが載っていた。さっと読んだは読んだのだが、すぐに呼び出しがかかって、メモを見直すのを忘れていたのだ。そこには、鮎川の走り書きで『紹介したい患者がいる。東三階病棟３０１号室』と書いてあったのを覚えている。

「す、すみません、すっかり……」

「忘れてたということか？」

コンコンとテーブルを指の節で叩かれて、遙はひっとおびえる。声の体温がすうっと下がったのがわかった。

〝やばい……〟

「ほう……俺の頼みを断るのか」

「ち、違いますっ」

遙は、壁の入院患者のリストを見た。ここはありがたいことに東病棟だ。さっと視線を走らせて、３０１号室の患者名を確認し、手元の電子カルテで検索をかける。

「あった……」

カルテを見ると、腰部《ようぶ》脊柱管狭窄症《せきちゅうかんきょうさくしょう》の手術で入院している患者だった。

「心電図の異常……ＳＴ上昇……左脚ブロック……臨床症状は……」

カルテの内容を確認して、遙は顔を上げた。そこには、やはりハンサムな整形外科医が立っていた。

「……ＡＣＳ（急性冠症候群）……」

遙は鮎川を見上げた。苦み走ったハンサム顔が皮肉な笑みを浮かべて、遙を見下ろしている。遙は慌てて立ち上がった。

「大変だ……っ、すぐに冠動脈造影しないと……っ」

「うん、さっき終わった」

「あ、そうですか……って、なんでっ」

「でかい声出さないように」

鮎川はしっと唇に指を当てた。

「君が無視しやがるから、循環器に紹介かけて、診てもらった。ＰＣＩ（経皮的冠動脈インターベンション）で、今経過観察中」

「ていうか」

遙は立ち上がったまま、鮎川にくってかかる。

「なんで、そんな重要なことを医局のメモで知らせるんですかっ。メモなんて、風に飛ばされることだってあるし……っ」

「君の注意力を試した。もうちょっと、机の上片付けておかないと、大切なものをなくすぞ」

「あ、あなたに言われたくないです……っ。そういう大切なことは直接言ってくれないと

困ります……っ」

「へぇ……」

鮎川がきゅっと唇の片端を引き上げる。

「俺にそういうこと言うのか？　もともと君の注意力散漫が原因だろう？　患者の基本情報は覚えていたみたいだから、メモは見たわけだ。しかし、君はその後、俺に連絡するのも、患者を診るのも忘れていた。それは君の責任感の欠如だろう？」

「は、はい……」

鮎川はいつも正論で攻めてくる。言い返しようのない正論で追い詰めて、遙をいたぶってくる。切れ長の一重の目が面白そうにきらきらと輝いているのが怖い。

「以後、俺の紹介を無視することは許さない。いいな」

「だ、だから、無視したわけじゃ……っ」

鮎川の長い指がすいと伸びて、軽く遙の頬《ほお》を弾《はじ》く。

「だよな。ただうっかり忘れただけだ」

「は、はぁ……」

「医者として、あるまじきことだがな」

容赦ない一言を投げつけて、鮎川は去っていく。

「あ、先生、お疲れ様です」

「お疲れ」

ナースステーションを出ていく鮎川に、ナースたちが会釈を送る。

〝ナースたちの笑顔が……本気だ〟

遙はふうっとため息をついた。

〝僕の時みたいな愛想笑いじゃない……〟

鮎川はナースたちに人気がある。長身だしハンサムだし、それに医師としての腕もいいらしいし、遙以外には人当たりも悪くない。

〝なんで、僕にだけきついわけ？〟

すとんと椅子《いす》に腰を落とし、だるい手を上げて、電子カルテの記載を再開する。

「志穂野先生、コーヒーお飲みになりますか？」

ナースの一人が聞いてくる。

「あ、はい、ください」

これが鮎川なら、黙っていてもコーヒーが出てくる。微妙な扱いの違いを感じながら、遙はカルテの記載を続けた。

遙の住むマンションは十階建てである。六十戸が入っているマンションで、そのうちの十戸が病院の借り上げで、住んでいるものは全員が医師だ。十戸は固まっているわけではなく、部屋の位置はばらばらなのだが、なぜか遙とその隣は、借り上げ住宅がくっついている。

「なんで、僕の隣にあの人がいるかな……」

マンションのエントランスにあるボックスに暗証番号を叩き込んで、ガラスドアを開けると、遙が踏み込む前に、すうっと小さな影が駆け込んできた。

「わ……っ」

ぼんやりしていたので、遙はその影に軽く突き飛ばされた。転びそうになるのをようやくこらえる。

「危ないなぁ……」

「ごめんねっ、おじさんっ」

「お、おじさん……っ」

小さな影は子供だった。青いダッフルコートに黄色いリュックを背負っている。

「ええと……どこかな……」

子供は元気に駆け込んできたものの、ここに住んでいるわけではなさそうで、エレベーターの前に立ちすくんでいる。よほど走ってきたのか、軽く肩で息をしている。

「あの……君、どこかの家を訪ねてきたの？」

遙は小さな背中に声をかけた。

「僕、このマンションに住んでるんだけど……もし、僕がわかる家だったら、連れて行ってあげるよ」

「あのね」

振り向いた子供は男の子だった。年の頃は五歳か六歳、可愛《かわい》らしい顔立ちをしている。リュックの肩紐《かたひも》に両手をかけて、少年は小首を傾《かし》げる。

「パパに会いに来たんだ。ここに来れば、パパがいるって、ママが言った」

「パパ？」

遙はきょとんとして、少年を見た。

「パパって……どんな人？　なんて名前？」

「僕はね、光紀《みつき》だよ」

少年は目をきらきらさせて言った。

「おじさんは？」

「おじさんじゃないってば」

遙は慌てて言った。

「そ、そりゃ、君からすりゃおじさんって言いたくなるかもしれないけど……」

確かに遙は医師としては十分に若い方だが、この少年……光紀の父親と言ってもそれほどおかしくはない年だ。

「僕のことはどうでもいいよ。君のこと。光紀くんだっけ、名字は？」

「鮎川」

「そう、鮎川さんって、近くに……え」

遙の動きがぴたりと止まった。その名前には、嫌というほど聞き覚えがある。

「君……鮎川さん……っていうの？」

光紀はこっくりと元気に頷いた。

「そうだよ！　鮎川光紀！」

光紀はぴょんと元気よく跳ねる。

「パパはお医者さんなんだっ！」

ACT 2

遙のマンションは2LDKと呼ばれる間取りだった。六畳くらいの広さが二部屋に、二十畳の広さのリビングダイニングキッチンがついている。一人暮らしにはちょっと広すぎるほどの間取りだ。

「えーと……」

遙はそのうちの一部屋をせっせと片付けていた。一応書斎と名はつけているが、体のいい物置である。床に積み上げた本を片付け、折り畳み式になっているソファを開いて、ベッドにする。

「これで……いいかな」

「何それ？」

ドアの傍《そば》に立って、中をのぞき込んでいた光紀が無邪気に聞いてきた。

「おもしろいの。ブロックのおもちゃみたい」

「今夜の君のベッドだよ」

遙は振り向いた。

「一人でも寝られる？」

「僕、ずっと一人で寝てるよ。ちっちゃい時からずっとだよ。寝る時間になったら、一人でベッドに行くんだよ」

欧米ではよく聞く話だが、日本では珍しいかもしれない。

「へぇ、外国風の育ち方してるんだね」

遙はソファベッドにシーツを敷き、物入れから引っ張り出した毛布と羽根布団をかけた。

「知らない。ママにそう言われたから。そうでないとご飯作ってもらえないもん」

「え」

とんでもないことを聞いてしまったような気がする。

枕《まくら》の予備はなかったので、バスタオルを二枚重ねてたたみ、頭の方に置いた。これでベッドはできあがりである。

〝まさかね〟

「もう少しでエアコンも効くから、先に向こうでご飯食べよう」

「うん」

遙が書斎を出ると、ぽんぽんと跳ねて、光紀がついてきた。

「ご飯、何？」

「何が食べたい？」

「おいしいのがいい」

「それは難しいかもねぇ」

〝僕、なんで、この子と……和やかにやってんの？〟

光紀は人なつっこい子供だった。にこにこと可愛い顔で笑い、遙にまとわりついてくる。

「僕ね、オムライスがいい。赤いチキンライスの」

「それなら作れるよ。それと……サラダとコンソメスープでいい？」

遙は光紀の頭を軽く撫《な》でた。さらさらと柔らかい子供の髪の手触りは懐かしい。子供の身体はお日様の匂《にお》いがする。

「じゃあ、テーブルに座って待ってて。あ、ソファでテレビ見ててもいいよ。リモコンはガラステーブルの上に載ってるから」

「僕、オムライス作るの見てる」

光紀はきらきらと目を輝かせる。子供らしい無邪気な表情だ。

「卵、くるってするの見たい」

遙の部屋でのままごとから、一時間前のマンションのエントランスである。遙と光紀の出会いはちょっとした衝撃だった。

「君、鮎川先生の……子供……？」

そう思って見ると、子供のわりに整った顔をしていて、似ているといえば似ているかもしれない。

〝いや、待て待てっ、妻子がいるなんて、聞いたことないぞ……っ〟

遙と鮎川がここに引っ越してきたのは、共に一年前、愛生会総合病院に赴任した時である。遙は大学の医局から、鮎川は県立病院からの就職だった。そういえば、家族のことなど話したことはなかった。

〝もしかして……単身赴任だったのか？〟

光紀はくるくると大きな目で、遙を見た。

「おじさん、パパのこと知ってるの？」

「だから、おじさんはやめて」

遙はどちらかというと女顔で、年よりも若く見えるタイプだ。おじさん呼ばわりは来るものがある。いまだに美少年顔と言われることもあるだけに、おじさん呼びは衝撃的ですらある。

「僕は……志穂野遙。鮎川先生の……隣に住んでるんだ。君のパパが鮎川和彰先生なら」

いつまでも、寒いマンションのエントランスにいることもない。遙はとりあえず光紀を連れて、自分の部屋に向かった。

〝鮎川先生……帰ってるかな……〟

時計をのぞくと、午後七時を回ったところだった。

「パパはね、せいけいげかっていうお医者さんなんだよ。びょういんで働いてるんだよ」

光紀はなかなかおしゃべりも達者だ。遙は一応、自分の隣の部屋のドアを軽くノックしてみた。返事がないのを確認して、今度はインターホンを押してみる。

「……いないみたいだね」

どうする？　と光紀を見下ろすと、彼はきょとんと大きな目で遙を見つめる。

「パパ、いないの？」

「みたいだね。ちょっと待ってて」

遙はポケットから鍵を出して、自分の部屋のドアを開けた。

「とりあえず入って。風邪《かぜ》をひくといけないからね」

「うん」

光紀は素直に遙の部屋に入ってきた。きょろきょろと見回している。

「僕が前に住んでたおうちみたいだ」

「前に住んでた？」

「うん。ママと住んでた。こんなおうちだったよ。でも、エレベーターはなかったよ。エレベーターいいなぁ。ボタン押すの好き」

〝エレベーターがないってことは……アパートかな〟

「ソファに座ってて。今、ホットミルク作ってあげるからね」

「お砂糖入れてね。甘いのがいい」

「はいはい」

マグカップに牛乳を入れて、少しレンジにかける。ぬるめのホットミルクを作って、砂糖を溶かし、光紀の前に置いてやる。

「それ飲んでてね。今、パパに連絡取ってみるから」

遙はコートのポケットからスマホを取り出し、少し考えてから、病院の夜間受付にかけた。

「……心臓外科の志穂野です。お疲れ様です。今日の当直って誰ですか？……いえ、患者さんじゃなくて、ちょっと……鮎川先生に用があって。もしかして、当直かなって……ああ……やっぱりそうですか……。いえ、いいんです……明日にします。ありがとうございました」

遙はふうっと息を吐きながら、電話を切った。

「やっぱ、当直だったか……」

手術日は術後管理や指示出しで帰るのが遅くなる分、平日の鮎川は比較的帰るのが早い。せいぜい残業は一時間程度だ。その鮎川が午後七時を回っても帰っていないということは、当直だと考えた方がいい。そう思って、夜間受付に電話してみたのだが、やはり鮎川は外科系当直に当たっていた。愛生会総合病院では外科系と内科系二人の当直医がいる。その他は呼出待機で対応している。遙は、今日は当直にも待機にも当たっていない。とはいっても、専門性の強い心臓外科という科的に、待機外での呼出もある。

「しかし……困ったな」

テレビをつけて、お気に入りの番組を探しているらしい光紀をちらりと見て、遙はため息をついた。鮎川が当直ということは、彼は明日の夜まで帰ってこない。昼間は病院内にある保育園に頼み込んで、光紀を預けるにしても、今夜はどうすればいい。

「光紀くん」

遙はテレビを見ている光紀にそっと声をかけた。

「パパに会いに来たってことは……ママは？」

鮎川の子供という衝撃があまりに強すぎて、遙は今の今まで、光紀に話をろくに聞いていなかった。

「ここまで、どうやって来たの？　普段はどこに住んでいるの？」

「うーんとね」

テレビを消して、光紀はカップを抱えた。

「どれから答えればいい？　僕、口が一つしかないから、一個ずつしか答えられない」

その通りである。遙は光紀の隣に座った。

「えーと……まず、自己紹介しとくね。名前はさっき言ったよね。僕もね、君のパパと同じ病院に勤めている医者なんだ。で、パパは僕の隣に住んでいる。ここは病院の寮みたいなところだから」

「お医者さん……？　じゃあ、先生って呼べばいい？」

「なんでもいいけど」

光紀はにっこりした。あの皮肉屋の鮎川の子供とは思えないほど、可愛い笑顔だ。

「じゃあ、遙先生」

「なんで名前呼び？」

「保育園の先生はみんなそうだよ。けいこ先生にじゅんこ先生、みか先生」

「はは……」

この子は保育園児ということか。

「えーとね、僕は鮎川光紀、六歳、みのり保育園つくし組だよ」

光紀はハキハキと言った。

「ここには車で来たよ。ママが送ってくれた。ここにいれば、パパが帰ってくるからって」

「君が来ること、パパは知っているの？」

知っていたら、当直は入れないとは思うが。もし入っていても、代わってもらうだろう。

「わかんない。僕、パパには会ったことないから」

光紀はうーんと首を傾げた。

「へ？」

何を言われたかわからなかった。

「パパに……会ったことがない？」

「僕ね、ずっとママと一緒だったの。で、今はママとじいじと一緒。ママはね、今、じいじと旅行に行ったの。世界一周だって」

世界一周？　何を言っている？　子供を置いて？

「大きなお船に乗って、世界一周するんだって。帰ってくるのはね、春になる頃だって」

「ちょっと待って」

遙は立ち上がり、キッチンに行った。冷たい水をコップ一杯飲んで、戻ってくる。少し頭を冷やして、ソファに座り直した。

「ええっと……ママはおじいちゃんと一緒に旅行に行ったと。光紀くんを置いて？」

「うん。僕がもっと大きくなったら、連れてってくれるって。僕も行きたかったなぁ」

光紀はのんびりとミルクを飲んでいる。

「それでね、その旅行に行く時、ママが僕をここに連れてきてくれたの。春までパパと一緒に暮らしなさいって」

「それ……パパは知ってるの？」

「わかんない」

「……そうだよね」

遙はふわっとソファの背に身体を預けた。さらっとした前髪の中に指を入れて、頭を抱える。

〝どうする……？　これから、児相とか警察とか……いや、その前に鮎川先生に……〟

しかし、思考はそこで止まる。目の前の小さな子供を見やる。ミルクを無心に飲んでいる子供。白いセーターとデニムのパンツを着せられた光紀は体格もよく、虐待などの被害は受けていないようだ。

〝案外、鮎川先生と話はできてたりして……それで、先生がこの子の来る日付を忘れていたか、勘違いしていた……〟

そこまで考えて、そんなことはないとぶんぶん首を振った。

〝あの人がこんな大事なこと、忘れるなんてあり得ない〟

鮎川という男は、基本完璧《かんぺき》主義者だと思うし、その能力が十分にあると思う。だから、腹が立つくらい細かく遙の行動をチェックし、隙《すき》あらばつついてくるのだ。

〝……とりあえず〟

何をどうしようが、鮎川は当直医で抜けてくることはできない。それは、同じ医師である遙が一番よく知っている。

「光紀くん」

遙は覚悟を決めた。毒を食らわばなんとやらだ。この子を放り出すことなどできるはずもない。この子の話を信じるなら、今夜は行くところがないのだ。

「今日ね、君のパパは病院に泊まらなきゃならないんだ」

「え？」

光紀はきょとんとして、遙を見つめた。

「じゃあ、僕も病院に泊まるの？」

「それはできないよ。病院に泊まるのは、病気やけがをした人か、お医者さんや看護師さんだからね」

「じゃあ、僕はどこに泊まるの？」

「……ここは嫌？」

「ここって……遙先生のおうち？」

「そう」

遙は頷いた。

「明日になったら、パパのところに連れて行ってあげる。パパもお仕事だけど、君と話はできると思う。パパとお話して、これからどうするか決めればいいよ」

「今日はパパに会えないの？」

時計を見ると、すでに午後八時近い。子供を外に連れ出していい時間ではない。遙はソファから立ち上がると、光紀の傍に跪《ひざまず》いた。

「今日はご飯作ってあげるから、ここでご飯食べて、お風呂《ふろ》入って寝ようね。朝になったら、病院に行って、パパに会おうね」

頭を撫でてやると、光紀はこっくり頷いた。


「おはようございます」

礼儀正しいご挨拶とともに肩を揺すられて、遙はぼんやりと目を開けた。

「えっと……」

目の前にちょこんと座っているのは、チェックのパジャマを着た子供だった。

〝なんで、子供がいるんだ?〟

「起きて、遙先生。パパのところに連れて行ってくれるんでしょ?」

「パパ?」

寝起きの悪さには自信がある。片目を開けて、壁の時計を見ると午前七時だ。

「まだ七時じゃん……」

「七時には起きて、朝ご飯食べるんだよ。そうしないと保育園に間に合わないよ」

「保育園……」

ぼんやりとつぶやいて、ようやく身体を起こした。頭の中に綿が詰まったようで、考えがまとまらない。子供はぱっと立ち上がると、とことこと部屋を出ていき、すぐにコップを持って戻ってきた。中には、水が入っている。

「お水はね、冷蔵庫から出したよ。冷たいお水飲むと、目が覚めるんだよ」

「君……頭いいね……」

ありがたく水を飲む。

「あ……」

冷たい刺激が頭に届くと、ようやく昨夜《ゆうべ》のことを思い出した。

〝そっか……鮎川先生の……〟

昨夜、遙はマンションのエントランスで、この子と出会った。妙にこまっしゃくれたところと可愛いところが混在した六歳の男の子。そうだ。名前は光紀だった。鮎川光紀。遙は両手で頭を抱えた。

〝鮎川先生のところに、この子連れて行かなきゃならないんだった……〟

どうも、嫌な予感がしてならない。あの鮎川の子供である。しかも、会ったこともないという……子供だ。

〝トラブルの……予感しかしない〟

しかし、この子を放っておくことはできない。いくらこまっしゃくれていようが、まだ六歳の子供なのだ。

「遙先生、目覚めた？」

「うん……」

いつもなら、まだベッドにしがみついている時間だが、今日はそんなことを言っていられない。遙はもそもそとベッドから出る。

「光紀くん、朝ご飯食べる？」

「朝はご飯食べないといけないんだよ。ママもコーヒーだけでいいとか言うんだけど、僕はおなか空《す》くから、ご飯食べたい」

「……パンでいい？　パンと……目玉焼きくらいしかできないけど」

遙は朝食をとらない習慣だ。しかし、子供には朝ご飯を食べさせなければならないことくらいはわかっている。

「着替えは？　一人でできる？」

「うん。でも、顔を洗いたいけど、洗面台が高すぎるんだ」

「あ、そっか」

遙はだるい身体を引きずって、バスルームに行った。とりあえず、風呂用の腰かけを洗面台のところに置いてやる。

「これで届く？」

「うん」

「じゃ、顔洗って、着替えておいで。朝ご飯作ってあげるから」

「うん」

遙は両手で自分の顔を叩いて気合いを入れ、とりあえず着替えることにした。


遙の勤務する愛生会総合病院には、スタッフの子供を預かる保育園と病児保育を行う病児保育園がある。病院の隣に白い平屋の建物があり、そこが保育園だ。

「志穂野先生、お子さんいらしたんですか？」

光紀を連れて行き、今日一日預かってほしいと頼むと、顔見知りの保育士はいぶかしげな表情で言った。

「い、いないですよ。僕、結婚もしてません」

「ですよね」

「あーっ、志穂野先生だーっ」

「先生、おはよーっ」

子供たちが飛び出してくる。あっという間に子供に囲まれて、一緒にいた光紀がきょとんとしている。

「遙先生……？」

「こらこら、先生はこれからお仕事なんだから」

「先生、遊ぼーっ」

子供たちがじゃれついてくる。

遙の実家は寺で、保育園も経営していた。父が園長で、母は保育士。そんなわけで、遙は小さい時から、保育園の子供たちの間で育った。中学生くらいからは夏休みなどに保育園を手伝ってもいた。子供は好きだだし、子供の扱いにも慣れている。遙が突然現れた六歳児の面倒を見ることにさほどのためらいがなかったのも、こうした生まれによる。小児科医よりも子供の扱いがうまいと言われ、体よくこの保育園の検診を押しつけられているので、子供たちも遙のことはよく知っている。

「何歳のお子さんですか？　先生のご親戚《しんせき》か何か？」

保育士の質問に、一瞬遙が答えをためらった時、隣に立っていた光紀がハキハキとした口調で言った。

「僕は鮎川光紀、六歳ですっ」

「光紀くん……六歳ね。じゃあ、年長さんね」

「みのり保育園つくし組ですっ」

光紀はニコニコしている。

〝うん、この外面の良さは間違いなく、鮎川先生の血だね〟

「年長さんなら、今欠員ありますから、継続的にご希望でもお預かりできますよ」

「ありがとうございます」

遙は頭を下げた。

〝なんで、僕が？〟

「ええと、鮎川光紀くんね……鮎川……え？」

名簿に名前を書こうとした保育士の手が止まった。

「鮎川って……もしかして、光紀くんって、鮎川先生の……」

「鮎川先生は僕のパパだよっ」

遙が止める間もなく、光紀が大きな声で言ってしまった。保育園全体がざわっとしたのが、遙にはわかった。

「え、ほんと……っ」

「い、いや、まだ鮎川先生に確認をとっていませんので……っ」

「パパだってばっ」

声が三つ重なった。遙は光紀を後ろからぎゅっと抱え込んだ。

「遙先生……っ」

「光紀くん、パパのことはちょっと待って。まだパパと……鮎川先生と話してないからさ……」

「あ、遙先生っていう呼び方可愛いっ」

また声が重なった。遙は軽いめまいを感じる。

〝だめだ、こりゃ……どっかで立て直さないと〟

遙は部屋の隅に光紀を引っ張っていった。両手でそっと肩を掴んで、目線を合わせる。

「光紀くん、とりあえず、パパのことは僕に任せて。光紀くんはパパとまだ会ってないんでしょ？　お話はパパとしようよ」

「遙先生、早くパパと会いたい」

光紀が無邪気に言った。遙は光紀の頭を軽く撫でる。

「わかったよ。パパとお話して、ここに連れてくるから、それまでいい子で待ってて」

〝パパって言っちゃったよ〟

つい光紀につられて言ってしまって、遙はそっと肩をすくめる。

〝あの人の前で言ったら、殺されるかも……〟

どうも、何か事情がありそうで、あまり深く関《かか》わりたくない。しかし、光紀を保護したことで、がっつり関わってしまった。あとは。

〝とっとと光紀くんを渡してしまって、これ以上関わらないようにしよう〟

「あとで迎えに来ますので、光紀くんをよろしくお願いします」

興味津々の保育士たちの視線をかいくぐって、遙は光紀を預けると、這々《ほうほう》の体《てい》で保育園を逃げ出したのだった。

愛生会総合病院の医局は、東病棟の最上階にある。大雑把に外科系と内科系の部屋が分けられ、それぞれに広いロッカールームがついている。医局もやたら広く、ずらりと机が並び、誰がどこにいるかもわからないほどだ。ロッカーで白衣に着替え、医局を見回して、鮎川がいないことを確認した遙は、とりあえず病棟に下りた。東病棟は外科系病棟で、三階と四階が整形外科になっている。

「おはようございます」

四階に下りて、ナースステーションに顔を出すと、遙はドクターズテーブルを見た。

〝いない……〟

当直医は早朝カンファを免除されるから、医局にいないなら、病棟か救急外来だ。

〝やっぱ、外来かなぁ〟

「おはようございます、志穂野先生」

深夜勤のナースが眠そうな目を向けてきた。

「どうされました？」

「あ、うん……鮎川先生いないかなって」

「鮎川先生？　いいえ。今朝《けさ》はまだお見えになっていません」

「そう……ありがとう」

遙はナースステーションを出て、三階に下りた。ここも整形外科の病棟だ。心臓外科医である遙には、あまりなじみのない病棟である。

「おはようございます……」

ナースステーションに顔を出してみるが、ナースたちは出払っているらしく、誰もいなかった。朝食介助の最中なので、忙しいのだろう。

「やっぱ、外来かなぁ……」

外来だと忙しいかもしれない。プライベートな話をしてもいいものか。

「何か……面倒なことになりそう……」

「何が」

背後から腰に来る低音が聞こえた。すうっとひんやりした手が遙の華奢《きゃしゃ》な肩を掴む。

「ひ……っ」

「不気味な声を出すな」

〝来た来た来た……〟

遙はそうっと振り向いた。

「……おはようございます」

「おはよう」

背後に立っていたのは、寝不足で不機嫌丸出しのハンサム顔だった。少し充血した目が遙を見下ろしている。

「俺を探してたって？　珍しいこともあるもんだ」

鮎川が少しかすれた声で言った。昨夜の当直は忙しかったのだろう。朝はいつも腹が立つくらい爽《さわ》やかな顔をしている鮎川が、今日は不機嫌である。

「……どこからの情報ですか」

遙はじりじりと壁に追い詰められながら尋ねた。どうもこの男に対しては苦手意識がある。鮎川はふっと片頬で笑った。

「情報はどこからでも。スパイは多く放っている」

「……東四階のナースですね」

病棟隅の壁に追い詰められて、遙はちらりと視線を上げた。この不機嫌な男に光紀のことを話して、果たして自分は無事でいられるのだろうか。

〝いや、案外あっさり「忘れてた」とか……〟

楽観的に考えてみて、がっくりと力が抜ける。

〝そんなわけないよな……〟

この完璧主義者が、光紀の言葉を借りるなら、会ったことのない息子に初めて会う日を忘れるはずがない。ということは、光紀の存在自体がイレギュラーでトラブル混じりということだ。

「志穂野先生、俺は大変に眠い。君の上目遣いはとても可愛いと思うが、それにつきあっている余裕は残念ながらない」

「う、上目遣いなんてしてません……っ」

遙は慌てて言った。

「どうして、僕が鮎川先生に上目遣いしなきゃならないんですか……っ」

「なんでもいいから、用件は手短に。俺はまだ外来を診なきゃならないんだ」

「あ、はい」

そこで素直に頷いてしまうのが、遙である。遙は周囲を見回した。ナースたちは朝食介助や投薬、申し送りの準備に忙しいようだ。できたら、どこか誰もいないところに鮎川を連れ出したいところだったが、朝の忙しい時間にそれは言っていられない。今だって、いつ当直医である鮎川に呼出がかかるかわからないのだ。通常の外来が始まるまでは、当直医の受け持ちなのである。遙はこちらを誰も見ていないことを確認して、そっと小さな声で言った。

「鮎川先生……先生って、ご結婚なさってますか？」

「……君」

鮎川の目つきが凶悪になった。遙はひっと喉《のど》の奥で悲鳴を上げる。絶対に、遙以外は見たことのない顔だ。こんな凶悪な顔つきの医者にかかりたい患者なんていない。もともと薄い瞳《ひとみ》の色が金色に近いような感じに見え、見事なまでの三白眼になっている。

「それが、昨夜ろくに寝ていない俺をつかまえて言う言葉か？」

「い、意味もなく聞いてません」

「その上、口答えまでするか」

喉元に手が伸びてきて、マジに震えた。殺されるかと思ったが、その手は折れていた白衣の襟を直してくれただけだった。

「俺に嫁でも紹介してくれるのか？」

「……てことは独身……なんですね？」

遙は恐る恐る言った。状況はどうやら悪い方に転がっているようだ。

〝……光紀くん、君……何者？〟

そう叫びたいのはやまやまだが、とにかく、彼の存在は伝えなければならない。鮎川光紀の名前で保育園に通っている以上、光紀の姓は間違いなく鮎川だ。そして、光紀の母は鮎川の住んでいる場所を知っていた。あのマンションは普通の賃貸で、病院の寮ではない。あそこに愛生会総合病院の医者が住んでいることを知っているものは、あまりいないだろう。

「志穂野」

先生呼びが外れた。相当な不機嫌の証拠だ。しかし、もう後には引けない。

「君、何が言いたい」

「先生の……子供さんを預かっています」

遙は早口に言った。とっとと言ってしまわないと本当に殺されかねない。それくらい鮎川の目つきは怖かった。

「昨夜、マンションに来ました。名前は鮎川光紀くん。六歳だそうです」

「……」

鮎川はしばらく無言で、遙を見ていた。すらりとした長身から見下ろす視線は氷のように冷たい。

「……なんの冗談だ」

「こんなこと、冗談で言えると思いますか？」

遙は必死に言った。声が高くなりそうになるのを、なんとか意思の力で抑え込む。

「僕が先生に冗談言うはずがないでしょう……っ」

鮎川は冷たい視線でしばらく遙を眺めていた。しかし、遙がいつもならとっくに下げている目線を必死に合わせてくることが意外だったらしい。

「……何があったのか話せ」

「それよりも会ってもらった方が早いです。外来も……じきに始まっちゃうし」

遙はそっと手を伸ばすと、鮎川のスクラブを軽く摑んだ。

「……来てください」

「こらっ、引っ張るなっ」

聞いたこともないような焦った鮎川の声。しかし、そんなことには構っていられない。たった六歳の子を不安なまま置いておくわけにはいかない。遙の子供好きの心が鮎川に対する恐怖心に打ち勝った瞬間だった。

「こら、志穂野っ！」

「志穂野っ、どこ行く気だ」

病院の建物から連れ出されて、さすがに鮎川が不審そうな声を出した時だった。

「あ、パパだっ！」

子供の甲高い声がして、そこにいたすべての人間の視線がぐるりと、とことこと走ってくる子供に集中した。子供は小走りに、遙と鮎川に近づくと足を止め、ふうっと大きく息を吐いた。

「パパっ！」

思い切りの声。そして、子供は鮎川のお腹のあたりに抱きついたのだ。

「パパだっ！　パパでしょっ！」

鮎川に抱きついた光紀がきらきらとした目で、鮎川の顔を見上げている。

「ママが見せてくれた写真にそっくりだもん。パパだっ！」

そこは保育園前の園庭だった。ちょうど子供たちが外に出て、散歩に行くところだったらしい。悪いことに、保育士たちも全員そこにいた。

「え？　やっぱり鮎川先生？」

「子供さんいらしたんですか？」

「てか……結婚してらしたんですか？」

〝わぁ……最悪のタイミングかも〟

遙はその場に立ち尽くしていた。鮎川の斜め後ろだ。完全に動きを止めてしまった鮎川の前に回る勇気はない。その背中のこわばり具合からして、あまり歓迎できる反応ではなさそうだ。

「……志穂野」

地獄の底から響いてくるような鮎川の声がした。

「逃げるなよ、志穂野」

「に、逃げてませんよ……」

逃げたいのはやまやまだったが、何か怖すぎて、逃げられない。斜め後ろからそっと見ていると、鮎川の手が自分のお腹のあたりから光紀を引き剝《は》がすのが見えた。さすがに相手は子供だから手加減はしているようだが、十分に容赦はない。鮎川は光紀の両肩に手をかけて、その顔をのぞき込んでいた。そして、一言言った。

「おまえ……誰だ」

「へ？」

妙な声が出てしまい、じろりと鮎川が振り返った。いつもの二割増し怖い三白眼が遙を見ている。

「志穂野、おまえ、いったい誰を連れてきた」

「だ、誰って……鮎川先生の……」

「俺の？」

再び、ぎろりと遙を見てから、鮎川はふと気づいたように視線を戻して、泣きそうな顔で見上げている光紀を見やった。

「おまえ……」

ぐいと顔を近づけられて、光紀が目を瞬《しばた》く。しかし、泣かないだけ大したものだ。

「パパ……？」

「だから、それやめろ」

保育士たちも周囲で固まったままだ。しばらく、きんと張り詰めた時間が流れた後、鮎

川がはっと我に返ったような顔をした。

「もしかして……」

「やっぱり、身に覚えが？」

すらっと言ってしまって、遙ははっと口を押さえた。ぎりぎり聞こえていなかったらしく、視線で殺されるのだけは免れた。

〝あぶないあぶない……〟

「光紀……って言ったな」

「うん、パパ」

「……母親は玲奈《れいな》か？」

「ははおや？」

きょとんと光紀が問い返すのに、遙は慌てて通訳した。

「光紀くん、ママのことだよ。光紀くんのママはなんて名前？」

「玲奈だよ。みんなが美人のママって言うよ」

自慢そうに言う光紀を、鮎川がじろりと見た。その顔が見る見るうちに青ざめていく。

「あの野郎……っ」

絞り出すような低音に、遙ははっと顔を上げた。

〝怒ってる……？〟

何かまずいことがばれたとか……そういうレベルではない怒りだった。心の奥底から湧《わ》き上がるどうしようもない激しい怒り。淡い色の瞳はほとんど金色に見えるほど細められて、ぎらぎらと光っていた。

「あ、あの……っ」

光紀も何かを感じ取ったらしい。自分の肩に食い込む鮎川の指を外そうともがいている。遙は慌てて光紀に駆け寄り、鮎川の手から光紀を取り戻した。

「光紀くん、大丈夫……？」

「う、うん……」

自分の『パパ』という言葉が鮎川の怒りに火をつけたことが、幼いながらにわかったのだろう。光紀は頷いて、おびえた目で鮎川を見上げただけだった。そっと、そんな光紀を引き寄せて、遙は恐る恐る鮎川に声をかけた。できたら、黙って逃げ出したいところだったが、とりあえずこの場をおさめて、光紀を預かってもらい、自分と鮎川は仕事に戻らなければならない。

「鮎川先生……あの……」

「志穂野」

すっかり呼び捨てである。しかし、慇懃無礼《いんぎんぶれい》に『先生』を連呼されるよりよっぽど楽だ。

遙ははいと頷いた。

「おまえ、とんでもないことをしてくれたな」

「え……」

鮎川は苦虫をかみつぶしたような顔をしていた。もともと苦み走ったハンサム顔なので、こういう凶悪な顔もそれなりにかっこよく見えてしまうのだが、いかんせん目が怖すぎた。周りにいる保育士たちもドン引きである。

「ネグレクトの片棒を担ぎやがったな」

「ネグレクト？」

「ああ」

鮎川は苦々しげな顔で頷いた。

「こいつは俺の子供なんかじゃない」

「え……っ」

鮎川の言葉に、遙はびくりと固まった。光紀がきゅっとしがみついてくる。

「そんな……っ」

「話は最後まで聞け」

鮎川がぴしりと言った。

「こいつは……俺の血の繋がらない弟だ」

想像もしていなかった答えが返ってきた。遙は呆然《ぼうぜん》として、鮎川の端整な顔を見上げる。

「お、弟……って、年離れすぎじゃないですか……っ」

「だから、血の繋がらない弟と言っている」

吐き捨てるように言って、鮎川は壁の時計を見上げた。

「懇切丁寧に説明したいところだが、タイムアップだ。志穂野、おまえも外来だろ」

「あ、でも……っ」

遙は慌てて光紀の手を握った。光紀の手は小さく震えている。顔をのぞき込むとピンク色の唇も震えていた。大きな目には涙がいっぱい溜《た》まっている。

「でも、この子を置いていくわけには……っ」

「馬鹿か、おまえは」

鮎川が呆《あき》れかえったように言った。

「こういう子供を置いていくために、保育園があるんじゃないか。いいからとっとと来い。俺たちの職業はなんだ？」

鮎川の大きな手が遙の腕を摑む。その反対の手を光紀が握りしめている。

「えっと……」

ダブル鮎川に綱引きされて、遙はどうしていいのかわからない。光紀を置いていくのは心配だが、鮎川の言うことも確かだ。自分はこの愛生会総合病院の医師で、外来にも病棟にも患者が待っている。ここにずっといることはできない。

「志穂野」

「えっと、ちょっとだけ待ってください」

遙はその場に膝《ひざ》をつくと、両手で光紀の肩をそっと引き寄せた。

「志穂野」

「待ってくださいってば」

いつものおびえている遙に慣れている鮎川が珍しくもびっくりしたような顔をしているが、遙は気づかない。子供が絡むと、遙のモードは切り替わる。遙が女性なら、きっと母性本能の塊だろう。

「光紀くん、夕方には迎えに来るから、ここでいい子にして待ってて」

「遙先生、ほんとに？　ほんとに迎えに来てくれる？」

光紀がぽろりと涙をこぼした。遙はゆっくりと頷く。

「大丈夫。ちゃんと迎えに来るから」

「遙っ」

遙は光紀をぎゅっと抱きしめた。

「待ってて。迎えに来るから」

ACT 3

愛生会総合病院から、遙や鮎川の住むマンションまでは、徒歩で二十分ほどだ。いつもなら、仕事の終わった解放感で足取りも軽いのだが、今日の遙の足は重かった。

からからと乾いた音を立てて、丸まった枯れ葉が転がっていく。薄いグレイの空に冷たく乾いた風が吹いて、雲を吹き飛ばした。

「……寒くない？」

遙は、とぼとぼと歩いている光紀にそっと声をかけた。しかし、光紀は答えない。黙って、マンションに向かって足を運んでいるだけだ。

「とっとと来い」

鮎川の冷たい声に、光紀は必死に歩いていく。ついには小走りになって、転びそうになった。

「光紀くん……っ」

遙はそっと息を弾ませている光紀を後ろから抱きかかえた。

「鮎川先生、もうちょっとゆっくり歩いてください」

「別に、無理についてくることはない」

マンションのエントランスでようやく立ち止まり、鮎川が振り向いた。

「俺が呼んだわけじゃないからな」

「鮎川先生……っ」

鮎川は自分の暗証番号を叩き込んで、ガラスドアを開けた。自分だけがひょいとくぐって、振り返る。

「入らないのか？」

「は、入りますっ。光紀くん、おいで」

「……」

三人で連れ立つようにして、エレベーターに乗った。隣同士に住んでいるのだから、当然同じ階で降りる。部屋に向かって三人で歩き、部屋の前に着いて、遙は少し迷った。光紀が黙って見上げてくる。鮎川はさっさと部屋の鍵を開けている。

「……」

遙はそっと光紀の頭に手を置いた。

「……またね」

「志穂野」

ドアを開けた鮎川の声がした。

「何がまたねだ。とっとと来い」

「え……え？」

その言葉に、びっくりするくらい素早く、光紀が遙の腕を掴む。

「遙先生、来て」

またもダブル鮎川の連係プレイだ。

〝な、なんなの、いったい……っ〟

「で、でも……っ」

「でももしかもあるか。おまえ、今さら関係ありませんで、ブッチする気じゃないだろうな」

鮎川の声が低くなる。こういう声を出す時の彼は要注意だ。今までの経験上、声を低くする時の鮎川は何か武器を隠し持っている。そして、それで攻撃してくるのだ。しかも、その武器はいつも遙の弱点をぐさりと突いてくる。だから、遙はいじめられ放題なのである。

「おまえがここでこのガキを見捨てるなら、俺はこいつをこのまま放り出すぞ」

「あ、鮎川先生……っ！」

思わず声を上げてしまって、遙はしまったと口を押さえた。ここは集合住宅である。大声を出していい場所ではない。それが証拠に、近くのドアがカチャカチャ音を立てている。今にも、誰かが出てきそうな感じだ。

〝まず……っ〟

反射的に、遙は光紀を引っかかえると目の前のドアの中に飛び込んでいた。鮎川の自宅のドアの中に。

初めて足を踏み入れた鮎川の自宅は、らしいと言えばらしい部屋だった。無駄なものは何ひとつなく、シンプルに整えられた部屋。室内はモノトーンとメタリックで統一され、まるでモデルルームのようで、生活感がまったくない。

「……コーヒーでいい」

コートを脱ぎながら言った鮎川に、遙はきょとんと目を見開いた。

「はい？」

「インスタントコーヒーはキッチンの右側、一番上の棚に入っている。カップはカップボードの中。お湯は電気ポットですぐに沸く」

ひとまとめにすらすらと言われて、遙は自分がコーヒーをいれるのだと悟った。

〝なんで、僕が？〟

しかし、刷り込みというのは恐ろしいもので、なんとなく鮎川の言うことは聞いてしまう。心底まで恐怖を植えつけられているらしい。機密性のいいマンションのエアコンはすぐに効く。遙はポットのスイッチを入れておいて、コートを脱いだ。光紀のコートも脱がせて、きょろきょろと部屋を見回し、玄関にコートハンガーがあるのを見つけた。白いソファの背に投げ出してあった鮎川のコートも一緒に抱えると、ハンガーにかける。

キッチンに戻ってくると、ちょうどお湯が沸き始めていた。少し迷ったが、コーヒーをいれろということは、キッチンのものは使っていいということだろうと判断し、冷蔵庫を開けてみる。牛乳のパックを見つけたので、自分と鮎川にコーヒー、光紀にホットミルクを作って、リビングに行った。

「……どうぞ」

鮎川はソファに座って、光紀と向かい合っていた。光紀は無言のまま、鮎川を見ている。遙は光紀の隣に座った。光紀がすぐに抱きついてくる。

「そうやってると、おまえの方がパパだな」

鮎川が言った。

「光紀、おまえも志穂野の方がいいんじゃないのか？」

「鮎川先生……っ」

「遙先生は遙先生だもん」

光紀が言う。

「パパはパパだもん」

「そう、まずそこだ」

子供相手に、鮎川がまともに言った。

「おまえはなんで俺をパパだと思った」

「ママがパパだって言ったんだもん。インターネットで写真見て」

「はぁ？」

「病院のホームページに載ってたもん。白衣着て、これがパパだよって」

「鮎川先生」

こそりと遙は言った。

「うちの病院のじゃないですか？　あそこに各科のスタッフの写真ありますから……」

「ああ……」

確かに、愛生会総合病院のサイトには、各科の常勤医師全員の写真がある。

「それを見せられて、おまえは会ったこともない俺をパパだと思ったのか」

「鮎川先生」

「だって……っ」

光紀がぐいと顔を上げた。

「ママがそう言ったんだもんっ。パパだって。じいじと似てるでしょって。じいじとパパ似てたもんっ」

「……当たり前だろ。あの馬鹿は俺の父親だ」

何がなんだかわからないが、確かに光紀と鮎川の間で会話は成立しているようだった。

「えーと……じゃあ、やっぱり……」

「何がやっぱりだ」

鮎川が恐る恐る言った遙にすかさず突っ込んでくる。

「俺と親父《おやじ》は残念ながら血が繋がっているが、こいつと俺は他人だし、親父とこいつも他人だ」

鮎川はソファの背にぐっともたれて、コーヒーカップを手に取った。

「……苦いな。コーヒーの入れすぎだ」

「人に入れさせておいて、文句言わないでください。それより、ちゃんと説明してください」

遙は光紀を両手で抱いたまま、ぐっと身を乗り出した。

「光紀くんのお母さんとおじいさんは、光紀くんを先生のところに置いて、世界旅行に行ってしまったんです。世界一周クルージングで春まで帰ってこないそうです」

「何ぃっ」

鮎川がコーヒーを吹き出しそうになった。

「あの野郎……っ」

「お母さんが光紀くんをここまで送ってきて、パパのところに行きなさいとおっしゃったそうです。聞いていないんですか？」

遙の問いに、鮎川は目を吊り上げた。

「聞いているわけないだろう。あの女と親父が結婚した時も事後承諾だったんだ。あいつらが俺に承諾なんかとるか」

「え……？」

鮎川が憤懣《ふんまん》やるかたないという表情で言った。

「光紀は、俺の親父と再婚した女の連れ子だ。つまり俺とは血の繋がらない兄弟ということになる」

「で、でも、じいじって……」

びっくりして言う遙に、鮎川はふんという顔をしている。

「あの女、親父のこと……自分の旦那《だんな》のことをじいさんって呼ぶんだよ。まぁ、年回り的にはそうだろうな。あの女は俺より年下のはずだ」

「じゃ、じゃあ、光紀くんは……」

「あの女の連れ子だから、親父とは血が繋がっていない。親父があの女と知り合ったのは去年の話だから、光紀は間違いなく親父の子じゃない。ということは」

「あなたの……？」

「おまえなっ」

鮎川の声が大きくなり、遙と光紀はひっと身を縮めた。

「人の言うこと聞いてたか？　俺と光紀は血の繋がらない兄弟だと言っただろう。俺をパパと光紀に教えたのは、あの女の悪い冗談だ。その上、自分の夫をじじい呼ばわりしやがって。ますます話がややこしくなった」

「あ、鮎川先生の家庭の事情はさておいて」

「おくなっ」

遙は軽く頭を抱えた。

〝だめだ……こりゃ〟

「光紀くん」

「僕、まだ寝ないよ」

光紀が反応よく言う。

「もっとお話聞きたい」

「おまえに聞かせる話はない」

「鮎川先生」

遙は唇にしっと指を当てた。

「だめです。そんな……頭ごなしに」

「頭ごなしもへったくれもあるか。とりあえず、親父に連絡するからな」

鮎川はテーブルの上に投げ出してあったスマホを手にした。

「まったく……あの色ボケ親父が……」

遙は、ソファにちんまりと座りホットミルクを飲んでいる光紀をのぞき込んだ。

「おなか空いた？　ご飯食べる？」

「遙先生のご飯、食べたい。昨日のオムライスおいしかった」

「そう？　じゃあ、あとで……」

　こそこそと話していると、鮎川が唐突に大声を出した。

「何ぃっ！」

「わぁっ」

　鮎川の声は無駄によく通る。低音で響きがいいからだ。

〝び、びっくりしたぁ……〟

「三カ月以上のクルーズだと？　ふざけてんのか？」

「……だから、世界一周だって言ったじゃないですか……」

　遙は立ち上がると、鮎川の前のカップを手にした。空っぽになっていたカップを持って
キッチンに行き、もう一度お湯を沸かして、二杯目のコーヒーをいれる。

「でも……どうすんのかな……」

　きれいに片付いたキッチンには、ほとんど使っている形跡がない。せいぜい朝食のパン
を焼く程度の炊事しかしていない感じだ。さっきのぞいた冷蔵庫の中もパンとバター、牛
乳くらいしか入っていなかった。

「この部屋で……子供なんて、世話できるのかな……」

〝でも、光紀くんの実の祖父、祖母っているよね、きっと。もしかしたら、実のお父さん

もいるかもしれないし……〟

しかし、ここに置き去りにされた光紀は、また大人の都合で振り回され、どこかに連れて行かれる。そこで落ち着ければいいが、三カ月もの長期間となると、またどこかに預けられるかもしれない。

〝大人の都合で振り回されるのは……いつも子供だ〟

お湯が沸くのを待ちながら、遙はうつむく。実家が保育園を経営していたため、遙はたくさんの子供と接してきた。中には、中途入園してきたのに、わずか数カ月で転園していったり、延長保育の後、親が迎えに来ず、そのまま遙の実家で預かったりした子供もいた。

〝光紀くんには……そんな思いさせたくない〟

こまっしゃくれて生意気なところもあるが、光紀は賢くて、可愛い子供だ。このまままっすぐに育ってほしい。わずか一日だが、遙は光紀に関わった。ご飯を作り、一緒にお風呂に入り、寝かしつけた。一緒に生活した子供に対する思い入れは、ただ遊んだだけの相手とは違う。

〝でも……どうすればいいんだろう〟

光紀はただのお隣さんの弟で、しかも血が繋がっていないときている。鮎川の反応を見る限り、あのまますんなり光紀を預かるとは思えない。

〝僕は……どうすれば……〟

お湯が沸き、熱いコーヒーをいれて戻ると、スマホを睨《にら》みつけている鮎川がいた。

「あの……」

「おまえの言った通りだった。玲奈と親父は、こいつを俺にぶん投げて、新婚旅行としゃれ込みやがった」

「今、電話したのは？」

コーヒーを鮎川の前に置いて、遙はソファに座った。光紀は少し眠そうな顔をして、小さなあくびをしている。小さな頭を膝に抱えて寝かせてやると、おとなしく目を閉じた。六歳の子供にとって、昨日から今日の流れは大きなストレスになっているはずだった。いくら大人びた子供でも、六歳は六歳なのだ。

「実家だ。住み込みのものがいるんだ」

「ブルジョア……」

ぴきっと鮎川のまなじりが吊り上がって、遙は肩をすぼめる。

「……すみません」

「昨日玲奈がこいつを連れ出して、親父と三人で出かけたんで、てっきり一緒に行ったと思っていたそうだ。俺のところに置いていったと言ったら、びっくりしてたよ」

熱くて苦いコーヒーを飲み、鮎川は吐き捨てるように言う。

「あの女……何考えてやがる……」

「鮎川先生」

遙はそっと言った。

「光紀くんはご実家に戻すんですか？」

「いや、それはできない。実家にいるのは親父の秘書だ。子供の世話は無理だな」

「じゃあ、先生が……」

「俺だって無理だ」

鮎川はあっさりと言う。

「児童相談所に通告だな。あの馬鹿どもが帰ってくるまで、施設で預かってもらうしかないだろう」

「ま、待ってください……っ」

遙は思わず立ち上がりそうになって、光紀を膝枕していることに気づいた。そうっと身体を元に戻して、ひそひそ声で言う。光紀はすっかり眠っていた。

「施設にって……そんな簡単に……っ」

「仕方ないだろう。俺が子供の面倒を見られるはずがない」

「僕が……僕が面倒見ますから……っ」

思わず遙は言っていた。指に触れる光紀のふわふわと柔らかい髪が遙の心を揺さぶる。

「僕が……預かります……っ」

「おまえが？」

鮎川が片目を細めた。少し皮肉な調子で言う。

「どうやって？　俺たちは日勤で仕事してるし、当直もある。どうやって、子供の面倒を見るんだ？　できないことは言わない方がいい」

「できます……っ」

「できないことをできると言って、これ以上、こいつを振り回すな」

鮎川がぴしりと言った。やはり聡明《そうめい》な彼はわかっていた。軽くため息をつき、手を伸ばして、光紀の頬にそっと触れる。柔らかい子供の頬はすべすべと滑らかだ。

「一度預かると言って、こいつに期待させた後、世話をしきれなくなって施設に預ける方がかわいそうだとは思わないか？　こいつは何度も捨てられるんだ」

「やめてください」

鮎川の言葉を遮って、遙は低く言った。

「昼間は病院の保育園に預かってもらいます。あそこなら、ちょっと時間が空いたら顔も見られるし……仕事が終わったら、すぐに迎えに行けます。お昼ご飯もおやつも出ますから、食事の心配もないし」

「当直の時はどうする」

「実家に預かってもらいます。実家は寺ですが、保育園も経営していますから、家族は子供の世話に慣れていますす」

遙は必死に言う。

「お願いします。この子を……施設に預けないでください。僕は……もうこの子を傷つけたくないんです」

「志穂野」

鮎川が少し困ったような顔をしている。唇をゆがめ、視線をさまよわせ、何かを考えているようだ。

「おまえ、たった一晩世話をしただけの子供に、なんでそこまで入れ込むんだ？」

「……わかりません」

遙は正直に答える。

「わかりませんが……この子を不幸にしてはいけないと思うんです。まだ不幸になっていないこの子を……不幸にしてはいけない。まだ引き戻せるなら……引き戻したいんです」

「おまえな」

鮎川が呆れたようなため息をついている。

「他人にそんなに入れ込んでどうするよ。疲れるだけだぞ」

「わかっています」

しかし、膝で無心に眠るこの子を遙は突き放せなかった。この子の涙を見たくなかった。子供たちの涙を保育に携わったものとしても、医師としてもたくさん見てきただけに。

「……わかっています……」

「いや、わかっちゃいないな」

鮎川が冷めたコーヒーをゆっくりと飲んだ。遙は少し汗をかいた光紀の前髪を優しく撫でる。

「……おまえにできることが、俺にできないと思ってるのか」

「え……」

「苦いな、これ、やっぱり」

「そんなにコーヒー入れてません」

遙はキッチンに行くと、ポットを持って戻ってきて、鮎川のカップにお湯を入れた。

「あ、こいつ……っ」

「僕にできることがあなたにできないはずがないって、どういうことですか？」

「……おまえ、子供が絡むと妙に強気になってないか？」

鮎川が薄められたコーヒーを飲みながら言った。

「だから、言った通りだよ。昼間は保育園に預けて、夜は自分で面倒見るパターンで、おまえがこいつを育てられると言うなら、俺にできないはずがないだろう？」

「鮎川先生……」

遙は鮎川を見つめた。

「児童相談所に通告するんじゃないんですか……？」

「……俺だって、鬼じゃない。寝覚めの悪い思いはしたくない」

鮎川はコーヒーのせいなのか、それとも自分が言ったことに対する思いからなのか、少し苦い顔をしていた。

「……ここで、こいつを児相送りにしたら、おまえに毎日恨み言を言われるんだろ？　それは勘弁だ」

「そんなこと……言いません」

「言わなくても、そのでかい目で毎日睨まれるんだろ。冗談じゃない」

そこで、ふわ……と光紀があくびをして目を覚ました。

「……おなか空いた……」

「あ、ああ……ごめんね」

「光紀、おまえ、今日からここに住め」

鮎川が素っ気なく言った。

「おまえ、親父と……じじいと一緒に住んでるんだよな」

光紀はきょとんとしている。遙は光紀をそっと起こしてやり、慌てて言った。

「光紀くん、光紀くんは普段、ママとじいじと住んでるんだよね」

「そうだよ。僕のおうち、大きいんだよ」

「やっぱり、俺の実家か……」

鮎川はふうっとため息をついた。

「そうなると、ここから車でたっぷり二時間かかるな。いつも通ってる保育園は家から近いのか？」

「うん。歩いてすぐだよ」

光紀の答えに、鮎川はふんと鼻を鳴らす。

「てことは、やっぱり、昼間は病院の保育園に預けるしかなさそうだな」

「え……？」

「できたら、今まで通っていた保育園に通わせるのが面倒なくてよかったんだが、仕方ないだろう。光紀、おまえ、明日から病院の保育園に行け。いいな？」

「いいよ」

光紀はあっさり頷いた。

「あの保育園好き。ご飯もおやつもおいしいし、先生もみんな優しいし」

「……かわいげのねぇガキだ」

鮎川は立ち上がった。

「じゃ、昼間は保育園、夜は俺のところだ。俺が泊まりの時は、この志穂野先生がおまえを預かってくれる。それでいいな？」

「パパ、僕、ここにいていいの？」

光紀もぽんと立ち上がった。

「パパはやめろ、パパはっ」

鮎川が心底嫌そうに言った。かなり凶悪な顔だが、光紀はもう慣れてしまったようだ。怖がりもせず、不思議そうに首を傾げている。

「だって、ママでもじいじでもなきゃ、パパじゃん」

「光紀っ」

「パパ、おなか空いた。何か食べたい」

「おまえなっ」

〝もしかして……それなりに気が合ってる……とか？〟

遙はなんだか対等に言い合っている光紀と鮎川を見た。

〝僕が心配するほどじゃ……ないのかな〟

「……とりあえず、今日は飯食いに行くぞ」

鮎川がコートを取った。光紀のコートも取って、ぽんと放る。

「やったー、僕、スパゲティがいい」

「あ、鮎川先生、光紀くん……」

なんだか、話がぽんぽん進んでしまって、遙は半ば呆然としていた。

「え、えっと……」

「遙先生も行こうよ。パパがおごってくれるってさ」

「光紀っ」

光紀が遙の手を取る。

「一緒にご飯食べようっ！」

ＡＣＴ　４

隣の部屋のドアが開く音がした。

「あっと……っ」

遙は慌ててコートを羽織り、ドアを開けた。

「あ、おはようございますっ、遙先生」

光紀が飛んできた。青いダッフルコートに黄色いリュックを背負い、元気に遙の腕にぶら下がる。

「なんで、俺がパパで、こいつが先生なんだよ」

「だって、パパはパパだもん。遙先生は遙先生」

よくわからない子供理論で言い返して、光紀は遙の腕をぶんぶんと揺する。

「鮎川先生、少し早くないですか？　保育園は八時からでしょう？」

時計はまだ七時過ぎだ。これから病院に行ったら、七時半には着いてしまう。

「仕方ないだろ」

鮎川がさっさと歩いていく。

「早朝カンファは七時半からなんだから。待合室にでも待たせておくさ」

「そんな……」

鮎川は長身だ。足も長く、それだけコンパスも長い。それが早足で歩くのだから、とても子供の光紀にはついていけない。遙は光紀の手を引き、少し鮎川に遅れて歩いていく。

「さっさと来い。カンファに遅刻する」

マンションを出たところで振り向いて言った鮎川に、遙は言った。

「あの……今度から、僕が光紀くんを送りましょうか」

「あ？」

鮎川が立ち止まったので、遙は光紀の手を引いて、足早に追いついた。

「先生はカンファの司会も兼ねているから、遅刻も欠席もできないでしょう？　僕は……どうせ末席にいるだけだし……」

「おまえ、光紀をだしにして、カンファをサボる気じゃないだろうな」

「や、やだなぁ……」

〝それもないわけじゃないけど……〟

「だしって何？」

光紀が行こうよと、遙の腕を引っ張った。

「カンファって何？」

からからと足下を枯れ葉が転がっていく。空は薄い水色に晴れて、冷たい風が淡いグレイの雲を押し流す。今日も風は強めだ。コートのポケットに両手を突っ込んだ鮎川は少し歩調を緩めて、歩き出していた。

「……早朝カンファだけだぞ」

鮎川が低い声で言う。

「え？」

ようやく鮎川に追いついて、遙は首を傾げた。遙のコートはふわっとした柔らかい薄手のダウンだ。少し撫で肩気味の遙は肩が凝りやすい。きっちりとした重いコートは苦手なのだ。

「早朝カンファだけって……」

「勉強会は出ろよ。あっちは医局長の仕切りだから、俺の一存でどうこうはできない」

「い、いいんですか？」

「何がいいの？　ねぇ、カンファって何？」

光紀が遙の腕を揺する。鮎川が光紀の頭を軽くぽんと叩いた。

「おまえが知らなくてもいいことなの。おまえは保育園でいい子にしてりゃいいの」

「いつだっていい子じゃん」

光紀がしれっと言った。

「パパより先に起きるし、パンも焼いてあげてるし、ミルクも温めてあげてるよ」

「俺はコーヒー派なんだ」

「ミルクの方が身体にいいよ。テレビで言ってた」

「うるさいぞ、おまえ」

光紀と鮎川のやりとりに、遙は思わず笑い出していた。

〝子供のけんかだね、まるで……〟

「しーほーのー」

はっと我に返ると、鮎川がこちらを見ていた。

「何笑ってる」

「べ、別に。あ、あの、じゃあ、光紀くんの送り迎えは、僕がしますから……」

「おまえ、暇なのか？」

病院に近づいてきて、スタッフがまわりを歩き始めた。みな、鮎川と遙、そして、光紀の三人連れを不思議そうに見ている。

「パパ、みんな、こっちを見てるねぇ」

光紀がのんびりと言った。光紀の『パパ』呼びに、近くを歩いていたスタッフがぎょっとしている。鮎川が不機嫌に言った。

「おまえのせいだ、光紀」

「僕が可愛いから？」

「ふざけんな」

あたたかそうなニット帽をかぶった頭をペンとはたいて、鮎川は早足に歩いていった。

遙はもう後を追うことを諦《あきら》めて、光紀とゆっくり歩いていく。

「……パパと暮らすの、どう？」

光紀が鮎川と暮らし始めて、一週間が経っていた。ちょうど当直がなかったため、まだ、遙は光紀を預かっていない。二人の暮らしがまったく想像できなかったため、つい聞いてしまった。

「楽しいよ」

光紀がにこにこと言った。

「パパ、ちゃんと僕とお話してくれるもん。僕が何か言うとね、ちゃんと返事してくれる」

光紀は本当に嬉しそうだ。

「ママもじいじもね、僕が何か言っても、あまり返事してくれない。子供はおとなしくしてなさいって言う。でも、パパはちゃんとお話してくれるんだよ」

子供と思うと、つい返事もおざなりになりがちだが、子供の六歳は意外に大人だ。ちゃんと話も通じるし、語彙《ごい》が少ないので、少しまだるっこしいところはあるが、自分の言いたいことも言える。子供だと思って、馬鹿にしてはいけないのだ。鮎川の話しぶりは子供に対するそれではないが、逆に光紀からすれば、大人扱いしてもらえているようで嬉しいのだろう。

「だから、パパ大好き」

「そう、よかったね」

病院の保育園はひばり保育園という名前で、スタッフの子供を預かっている関係上、あまり園児の人数は多くない。

「おはようございます」

遙が光紀を連れて保育園の玄関を入ると、保育士が迎えてくれた。

「おはようございます、志穂野先生」

「お、おはようございます」

「光紀くん、おはよう」

「おはようございますっ」

ぺこんと保育士に頭を下げると、光紀は保育室に入っていった。リュックを下ろしてコートを脱ぎ、すぐに遊び始める。

「……鮎川先生のご親戚のお子さんだそうですね」

保育士が言った。

「あ、はい……」

鮎川がそういうことにしているのだろう。光紀も空気を読んだらしく、何も言っていないらしい。保育園にも病院にも大きな混乱が起きていないのが、その証拠だ。光紀の賢さが少し悲しい気もする。

「じゃ、光紀くん、また迎えに来るからね」

「はーい、遙先生」

「光紀くん、遙先生って呼ぶんだ。なんだか可愛い呼び方ね」

保育士がにっこりした。

「じゃ、お預かりします」

「遅くなっちゃった……っ」

心臓カテーテル検査を終えて、遙は素早く医局で着替えると、保育園に飛んでいった。保育園の延長保育は基本午後七時までだ。しかし、病院という仕事柄、なかなか時間通りにはいかない。暗黙の了解で、午後七時半くらいまでは見てくれるが、それは保育士たちの好意に過ぎない。遙はコートを羽織るのももどかしく、保育園に走っていった。

「すみませんっ」

玄関に駆け込むと、保育室の奥で遊んでいた光紀が飛んできた。

「遙先生っ」

「ごめんね、遅くなって」

遙は腕に飛び込んできた光紀を抱き留めた。

「おなか空いたでしょ。早く帰ってご飯にしようね」

「志穂野先生、ご飯とか作られるんですか？」

光紀のリュックを持ってきてくれた保育士が言った。

「お忙しいでしょう？」

「忙しいですけど、食べないわけにはいきませんから」

遙は微笑《ほほえ》んだ。

「光紀くん、今日は鮎川先生、帰りが遅いって言ってたから、僕のところでご飯食べようね」

遙は冷凍庫から小分けにして凍らせたホワイトソースを取り出した。

「遙先生、それなぁに？」

コートを脱ぎ、リュックを下ろした光紀が振り向いて言った。

「シチューの素だよ。すぐできるから待っててね」

「シチューって、ビーフシチュー？」

「クリームシチューだよ。チキンとシーフードの。チキン嫌い？」

厚手の鍋《なべ》を取り出して、レンジで解凍したシーフードとサラダチキンを裂いたものを、オリーブオイルでさっと炒《いた》める。野菜はミックスベジタブルだ。

「大好き。クリームシチュー大好き。ビーフシチューより好き」

「それならよかった。簡単にできるから、待っててね。日曜日にルーを仕込んどいたんだ」

「シチューって、箱から粉出して作るんじゃないの？」

光紀が不思議そうに寄ってきた。遙は笑って首を横に振り、ビニール袋で冷凍したルーを見せる。

「小麦粉をバターで炒めて作るんだよ。箱のシチューもあるけどね」

鍋にお湯を入れ、ルーを溶かし入れる。ミックスベジタブルと牛乳、味を見て、塩胡椒《こしょう》し、最後に少しバターを溶かした。シチューが煮える間に、簡単にホットサラダを作り、ご飯が炊けているのを確認した。

「さぁ、できた。お待たせ」

「わぁい」

光紀はにこにこしながらテーブルについた。ミックスベジタブルの色合いが可愛いクリームシチューとブロッコリーの緑が鮮やかなホットサラダ、日曜日にまとめて作っておいた常備菜をいくつか並べて、夕ご飯の食卓ができあがった。

「……おいしい」

スプーンで大きくシチューをすくって一口食べて、光紀が嬉しそうに言う。

「遙先生、すごくおいしいよっ」

「ありがとう」

「ママのシチューよりずっとおいしい。すごくすごくおいしいっ」

光紀は夢中で食べている。びっくりするような食欲だ。シチューを二杯ペロリと食べて、ふうっとため息をついた。

「遙先生、お料理上手だね。前に食べさせてもらったオムライスもすごくおいしかった」

「そう？」

学生の頃、カフェでアルバイトしていたことがあるので、それなりに料理はできる。しかし、ここまで手放しで褒めてもらったのは初めてだ。というより、家族以外に料理を振る舞ったのが、ほとんど初めてなのである。

「嬉しいな。今度、おやつも作ってあげるね。あ、クリスマスにケーキ作ろうか」

「ほんと？」

光紀が目を丸くしている。

「デコレーションケーキ作れる？　いちごがいっぱいのってるの」

「作れると思うよ。バイトしてた時、ケーキのデコレーションはしてたから」

正直、医学部に行っていなかったら、そっち方面に行っていたかもしれないくらい、遙は料理が好きである。特にお菓子を作るのが趣味で、今もストレスが溜まると、睡眠時間を削っても、クッキーやケーキを焼いてしまう。それをきれいにラッピングして、買ったと嘘《うそ》をついて、ナースたちに差し入れするのである。

「パパにも食べさせてあげたいな」

「そういえば……」

光紀が水をほしがったので、冷蔵庫から出したミネラルウォーターをコップに入れてやる。

「鮎川先生とはどんなもの食べてるの？　鮎川先生って、お料理するの？」

「パパはあんまりしないよ。野菜いっぱい入れた焼きそばとかラーメンとかかな。あと、野菜炒め。お肉屋さんのコロッケとかメンチも食べるよ」

「ふぅん……」

その時、玄関のインターホンが鳴った。

「はい」

『俺だ』

インターホンのディスプレイには、疲れた男前が映っている。

『光紀を迎えに来た』

「はい、光紀くん……」

遙が言いかけると、椅子からぽんと飛び下りた光紀がインターホンに向かって言った。

「パパ、ご飯食べさせてもらったらいいよっ。すごくおいしいよっ」

「み、光紀くん……っ」

慌てて、光紀を止めた遙だったが、ふっと思い直して言った。

「鮎川先生、お食事されてますか？」

『いや。手術の後、外来に呼ばれたから、飯は食い損ねた』

「だったら……」

遙は玄関に行き、ドアを開けた。

「お食事されていきませんか？」


そういえば、この人と一年も隣に住んでいるのに、家に入れたのは初めてだったな……と遙は思った。

「ふぅん……間取りは一緒か」

コートを脱ぎながら入ってきた鮎川は、部屋の中を見回していた。

「しかし、きれいに片付いてるな」

「そうですか？」

シチューを温め直し、ホットサラダにラップをかけて、レンジに入れながら、遙は振り返った。

「ああ。女の部屋みたいだ」

パパはここと椅子を引いた光紀の指示するところに座って、鮎川は言った。

「先生がおつきあいされた女性はそうだったんですか？」

シチューを盛りつけて振り返り、遙は喉の奥でひっと声を出した。鮎川がじろりと睨んでいたからだ。

「おまえ、怖がりのくせに、いつも一言よけいだよな」

「は、はは……さぁ、どうぞ」

シチューの上に少し黒胡椒を挽《ひ》いて、ご飯とサラダと一緒に出した。

「ああ……」

鮎川は食事を始めた。シチューを一口食べて、へぇっという顔をしている。遙はちょっとおびえた顔をした。

「あ、あの……」

「へぇ……誰にでも一つくらい取り柄があるもんだな……」

「え……？」

鮎川は、これご飯にかけていいか？　と尋ねてきた。遥が頷くと、スプーンにたっぷり取って、ご飯にかける。

「俺としては、野菜がゴロゴロしてるタイプが好きなんだが、これも悪くない。ルーがいい味だ。これ、もしかしてインスタントじゃないのか？」

「遥先生がね、小麦粉から作ったんだって」

光紀がにこにこして言った。

「バターで炒めるんだって。僕も初めて食べた。箱に入ったシチューよりおいしいよね」

「へぇ……ルーから作ってんのか。ああ、ルーだけ先に作って、野菜はミックスベジタブル、肉はサラダチキンと冷凍のシーフードか。うまい時短だな」

「あ、ありがとうございます……」

珍しく褒められた。

「サラダのドレッシングももしかして手作りか？」

「え、ええ……ヴィネグレットソースといいます。フレンチドレッシングって言った方がわかりやすいかな。光紀くんには普通に作ったものですけど、先生のにはマスタードを入れています。辛すぎなかったですか？」

「へぇ……」

鮎川はおいしそうに食事をしている。鮎川は遙がびっくりするくらいの健啖家《けんたんか》だった。おいしそうにせっせと食べる。呼び出されることのある職業柄、医師には早飯が多いのだが、鮎川もご多分に漏れず、食べるのは速い。あっという間に二杯のシチューを完食し、ご飯も二杯、たっぷりあったサラダもきれいに食べた。

「……うまかった」

「あ、ありがとうございます。すごく……きれいに食べてくださいましたね……」

「ね、パパ、おいしかったでしょ？　すごくおいしかったでしょ？」

光紀がぽんぽん跳ねながら言う。

「遙先生、お料理上手でしょ？　パパ、今度オムライスも作ってもらうといいよ。遙先生のオムライス、すごくおいしいんだよ」

「オムライスって、上にのっけてナイフで切るやつか？」

鮎川の問いに、遙は軽く首を横に振った。

「それも作ろうと思えば作れますけど、僕のオムライスは昔ながらのくるっと包むやつです」

「上手なんだよ。フライパンの取っ手をとんとん叩いてねぇ、くるってやるの」

光紀が嬉しそうに言う。

「ねぇ、パパ、僕、遙先生のご飯、もっと食べたいなぁ。お肉屋さんのコロッケもおいしいし、パパの野菜炒めもおいしいと思うけど、遙先生のご飯はもっとおいしいんだ」

「え、いや……っ」

遙は慌てた。大人びているようでも、やっぱり光紀は子供だ。ストレートに物事を言ってしまう。

「た、ただ、僕は暇なんで、手をかけてるだけで……」

暇なんかじゃない。遙だって、当直も呼出も抱えた心臓外科医だ。まだ若手で執刀が少ないとはいえ、患者もかなり多く持っているし、カテーテル検査の担当は一番多いくらいだ。

「暇じゃないだろ」

鮎川が呆れたように言った。

「俺と同じフルタイムの仕事してるおまえが暇なはずないだろ。おまえ、本当に料理が好きなんだな。もしかして、仕事のストレスを料理で解消してるのか？」

当たりすぎていて、何も言うことはない。遙は黙って、鮎川が食べ終えた食器を片付けた。

「……パパ、僕眠くなっちゃった……」

光紀の声が聞こえた。遙が振り返ると、光紀が大きなあくびをしている。

「こら、まだ寝るな。風呂に入ってからだ」

鮎川も諦めたのか、パパと呼ばれても怒らなくなっていた。関係的には『お兄ちゃん』と呼ぶのが正しいのだろうが、自分の子供といってもおかしくない年回りの子供に『お兄ちゃん』と呼ばれるのも、なんとなくこそばゆいものだろう。

「志穂野、こいつ寝そうだから、帰る。ごちそうさま」

「は、はい」

素直に『ごちそうさま』と言われて、なんだかおかしな気がした。鮎川は光紀の手を引いて、玄関に向かっている。

「じゃあな」

「おやすみなさい……」

「おやすみなさい、遙先生」

バイバイと手を振る光紀に手を振り返す。ドアを出ていく鮎川の背中。広くてしっかりとしたその背中に、遙は不意に胸を摑まれた気がした。

〝……寂しい……？〟

かっちりとした肩なのに、なぜか少し寂しく見えた。しっかりと強いのに、冷たい風が吹き抜けるような……わずかな寂しさ。

「鮎川先生……」

思わず声をかけてしまった。鮎川は振り向かない。

「あの……っ、よかったら……嫌でなかったら、これからもご飯食べに……いらっしゃいませんか？」

鮎川は立ち止まったが、何も言わない。ただ、広い背中を見せているだけだ。

「パパ……」

光紀の方が振り向いている。

「一人分だけ作るのももったいないし……光紀くんも僕の作るご飯好きみたいだし……っ」

まるで言い訳のように言い継いでしまう。

〝あれ……、なんでこんなこと言ってるんだろう……〟

「ねぇ、パパ……」

光紀が鮎川を見上げている。鮎川の表情は見えない。彼はすっと片手を上げる。

「……考えておく」

「は、はい……っ」

ドアがパタンと閉じた。思わず、遙はその場にずるずると座り込んでしまう。

「僕……何言ってんだろう……」

あんなにあの人が怖かったはずなのに。毎朝会うのが憂鬱《ゆううつ》だったはずなのに。

でも、あの人は遙の作った食事をきれいに食べてくれた。おいしそうに全部食べてくれた。たったそれだけのことなのに、なんだか胸の奥がきゅうっと痛んだ。

「か、片付けよう……」

よいしょと立ち上がり、キッチンのシンクに入れておいた食器をさっと水で流して、食器洗い機に並べていく。

「食器……買おうかな」

この家には、基本的に二人分くらいの食器しかない。遙は一人暮らしだし、お客さんを招くほど社交的でもない。

「もし、あの人が食事を食べに来てくれるなら……いるよね」

食器を片付け終えて、テーブルをふきんで拭《ふ》く。

さっきまで、あの人がここにいた。ここにいて、遙の作った食事を食べてくれていた。

「二杯も……シチュー食べてた……」

くすっと笑って、遙はふきんを殺菌して干した。

「明日、食器買いに行こう」

あんなに怖かったあの人がまた来てくれないかなと少し思った。あんなに……おいしそうにご飯を食べてくれたんだから。今度は一緒に食べられたら……いいのにと。

ACT 5

サイコロの牛肉を炒める。いつもなら、薄切り肉を使うのだが、今日は少しおごってしまった。スーパーのパックの肉ではなく、肉屋で買ったお高めの肉だ。

「遙先生、これなぁに？」

保育園から連れ帰った光紀がちょこちょことついて回る。できたら、リビングかどこかでおとなしくしていてほしいのだが、光紀は遙が料理するのを見たがった。決定的に邪魔なところにはいないので、やはり頭の回転のいい子なのだと思う。

「何？」

今日のメニューはカレーである。これもルーから作るものだ。カレー粉と小麦粉を炒めてルーを作り、少し甘めに作る。大人用はここにスパイスを入れる。スパイスも遙のオリジナルである。実家の近くにあったインドカレーの店で教えてもらったものに、少しアレンジを加えている。

「これ」

光紀が指さしたのは、紙袋からころころと顔を出しているマッシュルームだ。

「丸いよ？　何？」

「きのこだよ。マッシュルーム」

「マッシュルームは薄いのだよ。きのこの形しているけど、薄いよ」

最初は何を言っているのかわからなかったが、少し考えてわかった。

「もしかして、ナポリタンとかに入ってるの？」

「そう。こんなに丸くないよ」

「あれはね、この丸いマッシュルームをスライスしたんだよ。薄切りにしたの。今日はね、これを半分にして使うよ」

「ふぅん……」

光紀は興味津々に、遙の手元を見ている。遙は袋から出したマッシュルームをさっとペーパータオルで拭いて汚れを落とし、半分に切った。そのまま鍋に入れて、さっと炒める。

「洗わないの？」

「マッシュルームは洗うと水を吸い込んじゃうんだよ。おいしくなくなるから洗わないんだ」

カレーの具は牛肉とマッシュルーム、玉ねぎだけでシンプルだ。子供には、じゃがいもやにんじんを入れた方がいいのかもしれないが、これはポテトサラダで許してもらう。遙はカレーのじゃがいもとにんじんが苦手なのだ。

「もうじきできるよ。光紀くん、コップを出して、お水入れておいて」

「はぁい」

そこにインターホンが鳴った。光紀が慣れた仕草で背伸びをして受話器を取る。

『俺だ』

「遙先生、パパだよ」

「どうぞ」

ちょうど、カレーとサラダができあがった。光紀はぽんぽんと玄関に跳ねていって、ドアを開ける。

「お帰りなさい、パパ」

「……なんだか、ここでお帰りって言われるのは、慣れないな」

コートの肩にしずくを止まらせた鮎川が入ってきた。

「それに、パパってのもだ」

「いい加減慣れなよ、パパ」

光紀が生意気に言った。

「いくらパパが慣れなくても、僕はずっとパパって言うよ。僕のパパはパパしかいないんだもん」

「だから、それが変なんだよ」

鮎川はコートを脱ぎ、それをキッチンから出てきた遙が受け取った。

「お帰りなさい」

鮎川が遙の部屋に夕食をとりにくるようになって、十日ほどが過ぎていた。光紀もこの生活にすっかり慣れてしまったようだ。仕事が終わると、遙が保育園に迎えに行き、光紀を連れて自宅に戻る。そして、鮎川が光紀を迎えがてら、食事をとりにくるのだ。鮎川の方が光紀を迎えに行く時も、光紀を連れて、遙の部屋に食事をとりにくる。二人のどちらかが当直でない限り、夕食は一緒にとるようになっていた。

「ああ」

鮎川は重そうな鞄《かばん》をソファに置き、光紀が引いてくれたダイニングテーブルの椅子に座った。

「カレーの匂いがする」

「ええ。僕が勝手にヨーロッパ風って言っているカレーです。甘めなんで、スパイスミックスで辛さは調節してください」

「ヨーロッパ風？」

遙は買ったばかりの新しいカレー皿にご飯を盛り、カレーをかけた。光紀も自分でご飯をたっぷり盛って、カレーをかける。

「そんなに食べられるのか？」

自分のものとほとんど変わらないくらいの盛りに、鮎川がびっくりしているが、光紀は平気だ。

「このくらい食べられるもん。僕ね、遙先生のご飯なら、いくらでも食べられるんだ」

「そういやおまえ、俺の家に来てから、背が伸びたよな」

鮎川がカレーを一口食べた。少し考えてから、ちょっとだけスパイスをかける。彼はあまり辛党ではないらしい。

「ビーフカレーか」

「お肉おごっちゃいました。お肉屋さんで、塊が安く売っていたので」

遙も一口食べてみる。うん、うまくできた。おいしい肉を使った甲斐《かい》がある。

「……シャンピニオンか。カレーに合うんだな」

マッシュルームをフランス語で言って、鮎川は頷く。

「今日、遅かったんですね。手術日でしたっけ」

ポテトサラダは少し酢が利きすぎたかもしれない。しかし、鮎川はおいしそうに食べている。

「ああ、ＣＨＳだったんだが、骨粗鬆症《こつそしょうしょう》が思った以上に進行していて、スクリューが止まらなくてな。結構時間がかかった。ルーズにならないといいんだが」

「ＣＨＳ……？」

「コンプレッションヒップスクリュー。大腿骨頸部骨折《だいたいこつけいぶこっせつ》だ。どうしても患者は高齢者が多いから、仕方ないところはあるんだがな」

「高齢……何歳ですか？」

「八十歳。まぁ、頸部骨折としては、びっくりするくらいの高齢ではないけどな」

光紀はおとなしくカレーを食べている。生意気なことを言うところもあるが、食事に関しては、光紀はよくしつけられていた。きちんと箸《はし》も使えるし、遊び食いをすることもなく、せっせと食べる。

「遙先生、お代わりしていい？」

ぺろりと一杯目を食べて、光紀が言った。

「いいよ」

「食べられる分だけにしろよ。残すのは行儀が悪いぞ」

まれた。

「はぁい」

なんだか、完全に親子の会話だ。遙はぷっと吹き出してしまう。と、鮎川にじろりと睨まれた。

「……なんだよ」

「いえ」

遙はこほんと咳払《せきばら》いした。

「お代わりはいかがですか？　まだたくさんありますから」

「あ、ああ……」

遙は身軽に立ち上がり、カレーのお代わりを盛った。サラダのお代わりも皿に盛る。

「スパイスミックスも、もしかして、おまえのオリジナルか？」

鮎川に尋ねられて、遙は軽く首を横に振った。

「いえ、実家の近くのインドカレー屋さんのレシピです。ちょっと配合を変えてはいますけどね。そんなに辛くなりませんから、もっと入れても大丈夫ですよ」

「おまえ、俺をだましてないだろうな」

鮎川が疑り深い目で見ている。よほど辛いものが苦手らしい。意外である。人間が辛口にできているので、てっきり辛党だと思っていた。

「そんな怖いことしませんよ。後で何されるか……」

言いかけて、またじろりと睨まれた。黙って、お代わりを盛ったカレー皿を差し出す。

「おまえ、だんだん態度でかくなってきてないか？」

「そ、そんなことあるわけないでしょう。やだなぁ」

「パパ、遙先生いじめちゃだめ」

光紀がめっという顔をしてきた。

「おいしいご飯、作ってもらえなくなるよ」

〝そっちかいっ〟

思わず突っ込みたくなったが、よけいなことは言わない方がいいと、キッチンに戻った。冷蔵庫から買っておいた洋梨を取り出す。軽く感触を確かめて、もう食べられる頃だなと思う。

しかし、血は繋がっていないはずなのに、なんでこの二人はなんとなく似ているのだろう。ルックスがどうこうではなく、持っている雰囲気が似ているのだ。上げといて落とすというか、ちくりと一刺しするというか。少し嫌みの利いた性格が実によく似ている。

〝一緒に暮らして、まだ一カ月にもならないけど……似ちゃったのかな〟

「洋梨食べますか？　追熟も終わって、食べ頃だと思うんですけど」

「おまえ、変わったもの買うんだな」

「もう柔らかくなり始めていたので、安かったんですよ。皮剝《む》きますね」

三人の食卓の夜が静かに過ぎていく。


その日は朝から雪模様だった。ちらちらと揺れる雪の影は風流だが、外は寒い。これが雪国なら、このくらいの雪は雪のうちに入らないのだろうが、ここはもともと雪など降らない土地柄だ。

「せっかくの日曜日なのにね」

遙の言葉に、ソファに座って、子供用の雑誌を広げていた光紀が顔を上げた。

「日曜日だから、ゆっくりするんだよ」

「はは……」

なんだか、仕事に疲れた社会人のようなことを言っている。

今日は鮎川が日直に当たっていた。今朝出勤がてらに光紀を連れてきて、置いていったのである。遙は、光紀をどこかに遊びに連れて行くつもりだったが、この雪では足下も危ないし、交通機関もどうなっていることやらわからない。そんなことを読んでいたかのように、光紀は本をどっさり抱えていた。朝から、家事をする遙の邪魔にならないように、静かにその本を読んだり、テレビを見たりしている。本当に手のかからない子だ。

「遙先生、僕、眠くなっちゃった……」

おとなしく本を読みながら、遙が焼いたクッキーを食べていた光紀が眠そうな顔をしている。

「ああ、お昼寝する？　そこで寝ちゃっていいよ。今、毛布持ってきてあげるからね」

「うん……」

光紀はころんと横になり、遙が毛布をかけてやる頃には、もう微《かす》かな寝息を立てていた。

「なんか、あっけなく寝ちゃったな……」

さらさらと柔らかい髪を撫でてやる。

「可愛い……」

光紀は整った顔立ちをしていた。鮎川と血は繋がっていないというが、光紀も大人になったら、ハンサムな顔立ちになるだろう。

「大きくなったら……」

ふと考える。この子はどこで大きくなるのだろう。春になって、彼の母親が帰ってきたら、そのもとに戻ることになるのだろうか。

〝どうなんだろう……〟

あの時。光紀が初めて現れた時、たまたま遙が行き合わせたからよかったものの、鮎川が当直だったことを考えると、光紀の身に危険が及んだ可能性がある。そんなところに平気で子供を放置していった母親のもとに、光紀を帰してしまっていいのだろうか。

「でも……僕には何も言えないよな……」

考えるとしたら、それは遙ではなく、鮎川の方だろう。しかし、あの鮎川が血の繋がらない子供を引き取るだろうか。

「……やめよう」

考えても仕方がない。遙はそっと毛布を光紀の肩に引き上げると、キッチンに戻り、静かに家事を続けた。

「遙先生……」

キッチンの椅子に座り、新聞を読んでいた遙は、光紀の声ではっと我に返った。

「ああ、起きたの？　ミルク飲む？」

「遙先生……手が痛い」

「え？」

光紀は右腕をぶらんとぶら下げていた。めったに泣かない子なのに、唇がゆがみ、今にも泣きそうだ。

「どうしたの？」

「……わかんない。手が痛いの」

遙は慌てて、光紀に駆け寄った。

「いったいどうしたの？　ソファから落ちた？」

「なんにもしてない……。遙先生、手が痛いよぅ……っ」

光紀が泣き出した。

「どこが痛いの？　手首？　肘《ひじ》？」

「わかんない……っ！　痛いよぅ……っ」

遙は光紀をソファに座らせた。右腕をぶら下げているので、そちらが痛いのだろうと見てみるが、腫《は》れてもいないし、赤くなってもいない。

「遙先生、痛いよぅ……っ」

遙は医者だが、専門は心臓外科だ。心臓のことはわかっても、それ以外となると、正直門外漢も同然である。医師の世界も専門化が進んでいて、専門以外はほとんどわからないという医師も珍しくないのだ。

「困ったな……」

時計を見上げると、午後六時を少し過ぎたところだ。

「日勤帯終わってるな……。今日の当直、誰だっけ……」

つぶやいた時、インターホンが鳴った。光紀の様子に集中していた遙は、すぐに気づかなかった。二度、三度とインターホンが鳴って、ようやく気づいた。

「ちょっと待っててね」

泣いている光紀の頭をそっと撫でて、遙は立ち上がった。

「は、はい……っ」

『俺だ』

低く頼りがいのある声が聞こえた。遙は飛び立つようにドアに向かう。

〝鮎川先生なら……っ〟

「い、今開けます……っ」

ドアを開けると、寒そうな顔をした鮎川が立っていた。コートの襟を立て、白い息を吐いている。

「雪がひどくなってきた。積もりそうだぞ」

「せ、先生……っ、光紀くんが……っ」

「光紀？」

鮎川は玄関に入り、コートを脱いだ。

「光紀がどうした？」

「と、とにかく入ってください。光紀くん、パパが帰ってきたよ」

鮎川の腕を抱えるようにして、遙は彼を家の中に誘った。鮎川はソファにちょこんと座って、しくしく泣いている光紀を見る。

「どうしたんだ？　何があった？」

「わからないんです。昼寝から覚めたら、急に泣き出して……」

「夢でも見たんじゃないのか？」

それでも、光紀の傍に寄って、ざっと様子を見ている。

「光紀、どうした。泣いているだけじゃわからない。ちゃんと言葉で言え」

「先生、小さな子にそんなこと言ったって……」

「子供でも口はある。光紀、ちゃんと言え。なんで泣いてる」

子供相手でも、鮎川は容赦しない。理路整然と言う。光紀はしくしくと泣きながら、訴えた。

「パパ、手が痛い……手が痛いよぅ……っ」

「手？　右か左か？」

「先生……っ」

「……こっち」

鮎川と光紀の間で会話は成立しているようだった。光紀も鮎川が求めていることは理解しているようだ。

「右か。触るぞ」

「痛いっ！　痛いよぅっ！」

「馬鹿者。触らずに診察できるか」

「せ、先生っ、子供なんですから……っ」

遙は二人の傍に飛んでいった。

「光紀くん、どこが痛いの？　痛いところを指で指してごらん？」

「……よくわかんないよぅ……こっちの手が痛くて、動かしたくない」

「はぁん……」

鮎川が納得顔で頷いた。

「光紀、おまえ、何したら手が痛くなった」

「わかんない……起きたら、痛かった……」

「横向きに寝ていたのか？」

「うん……たぶん、そうだと思う……あ、パパっ！」

鮎川は光紀の肘のあたりに利き手の親指を当てた。そのまま、逆の手で光紀の腕を軽く摑み、ひょいと捻《ひね》るような仕草を見せた。

「痛いっ！」

光紀が大泣きする。しかし、鮎川は平然としている。

「治ったぞ」

「パパっ！　痛い……あ、あれ……？」

「手動かしてみろ。痛くないから」

「痛い……あれ……？　痛くない……」

光紀は目に涙を残したまま、呆然としている。

「痛くない……」

「だから、治ったって言っただろ」

鮎川はさっと立ち上がった。

「志穂野、飯は？」

「あ、はい……簡単になっちゃいますけど、これから作ります。鮎川先生、光紀くんは……」

「おまえ、医者だろ？」

鮎川が呆れたように言った。

「子供が大した理由もなく、手を引っ張られたり、ちょっと捻ったくらいで、腕を動かさなくなったら、肘内障《ちゅうないしょう》と相場は決まってる」

「あ……っ」

遙は目を大きく見開いて、頷いた。

「そっか……肘内障だったんだ……っ」

「おまえも当直の時は診るだろ？」

「で、でも、当直の時に診る子供たちはもっと小さいから……」

光紀はティッシュで涙を拭《ぬぐ》い、不思議そうに自分の腕を眺めている。

「まぁ、六歳は俺もそれほど診ない。珍しい類《たぐ》いだろうな。今触った感じじゃ、少しゆるい気がした。今までにも、何回かやっているんだろう」

鮎川はあっさりとした口調で言った。遙は、そんな鮎川をしばらく眺めていた。

〝……そっか……この人、こんなふうに患者を診るんだ……〟

同じ病院に勤務しているとは言っても、専門が違うと、まったく接点がない。遙は、鮎川が患者を診ているのを、見たことが一度もなかった。

〝何か……マジック見てるみたいだった……〟

肘内障の整復を見たのは初めてではない。遙もできることはできる。当直の時に必要だから、整形に習ったことがある。しかし、骨折があったら困るので、実は一度も実践したことがない。肘内障だと思っても、一応シーネをつけて、明日整形を受診するよう指示をする。

「志穂野、こいつの手、引っ張ったりしないよう気をつけてくれ。光紀、明日保育園に行ったら、途中で病院に行くぞ」

「なんで？　もう治ったよ？」

光紀はさっきまでの号泣が嘘のようにけろっとして言った。

「また痛くなると困るから、一度ちゃんと見ておかないとだめだ。迎えに行くから、ちゃんと来るんだ。いいな」

「はぁい……」

「よし」

鮎川はキッチンに行った。電気ポットに水を入れて、お湯を沸かし始める。

「あ、い、いけない……っ」

遙も慌ててキッチンに入り、食事の支度を始めた。時間をかけられないので、白菜と豚バラ肉の鍋にした。これならすぐ煮えるし、光紀も好きなメニューだ。副菜は簡単に小松菜のおひたしとちくわにきゅうりを入れたものにした。遙がせっせと食事の支度をしている間に、鮎川はコーヒーを自分でいれて、飲み始めた。光紀がとことこと寄ってきたので、コーヒーをぽっちりとカップに入れ、たっぷりと牛乳と砂糖を入れてやる。

「ありがと、パパ」

「おまえ、変な格好で寝るんじゃないぞ。寝るなら、ちゃんとベッドで寝ろ。志穂野に言えば、用意してくれるから」

当然のように言われてしまった。

〝まぁ、確かにその通りだけどね……〟

ちらりと盗み見た鮎川は、淡々とした表情で、コーヒーを飲んでいる。それはどこか初めて見たような気のする顔だった。いつもの厳しさの上に、まるでベールのように有能な医師としての顔が重なり、二重写しになって見える。

〝どの顔が……本当のあなたの顔なんだろう？〟

「遙先生」

光紀がカップを持ったまま、遙に近づいてきた。

「おなか空いた」

「光紀、座って飲め」

鮎川が声を飛ばす。しかし、光紀はきょとんと大きな目で、遙を見上げている。

「あ、あの……っ、じき、ご飯にしてあげるからね」

遙は光紀を見て、言った。光紀が目をぱちぱちとさせている。

「遙先生、どうしたの？　なんか、お顔赤いよ？」

「え、え？」

「お熱あるの？」

「風邪か？」

鮎川が少し疲れた顔で言った。

「光紀にうつすなよ」

「か、風邪なんか、ひいてませんってっ」

遙は吹きこぼれそうになった鍋の蓋《ふた》を慌てて取った。

「ご飯、できましたよっ！」

「あ……」

さっと洗い物を片付けて、遙がリビングに戻ると、テレビをザッピングしていた鮎川の膝で、光紀が眠っていた。

「やっぱり……疲れてたのかな」

そっと手を伸ばして、遙は光紀のつむじのあたりに指を触れた。ふわふわと細い子供の髪が指先に絡んでくる。

「……ごめんね。いっぱい泣かせてしまったね……」

鮎川は黙って、テレビを見ている。

「僕がちゃんと見てあげていたら、君に痛い思いをさせなかったのに……」

ふっと、鮎川が顔を上げた。まともに視線が合って、遙は一瞬ぎくりとする。鮎川の瞳は淡い色で、光の入り方で金色っぽく見えることがある。ガラスめいた瞳に見つめられて、遙は動けなくなる。

〝何か……視線に縫い止められてる感じ……〟

「……帰る」

不意に、鮎川が言った。

「え……え？」

「こいつも寝ちまったし。ソファで寝て、また肘内障にでもなられたら、面倒だ」

鮎川はうまく光紀の頭を支えて立ち上がり、ひょいと軽い身体を抱き上げた。

「悪い。ドア開けてくれ」

「は、はい……」

遙は言われるままに、自分の家のドアを開け、鍵を鮎川のコートのポケットから出して、彼の部屋も開けた。

「じゃ……おやすみなさい」

「ああ」

素っ気なく答えて、鮎川は光紀を抱いて、部屋に入っていった。ドアがガチャンと閉じる。なんだか、その音が拒絶に聞こえて、遙はとぼとぼと自分の家に戻った。

「けがさせたようなもんだもんなぁ……」

光紀の泣き声が今も耳に残っている。遙はぺたんとキッチンの椅子に座って、ため息をついた。

「子供の泣き声は……苦手だ」

子供好きだったから、遙は小児科に進むことも考えたことがある。研修医だった頃は、小児科研修を楽しみにしていた。しかし、そこで遙は、小児科医は子供好きだけではやっていけないと知った。小児科医は子供を泣かせなければならないことがある。痛い処置や注射で、子供に泣かれ、時には叩かれたり、蹴《け》られたりもする。遙はそれがつらくてたまらなかった。にっこりして退院していく時は嬉しかったが、それ以上に子供の泣き顔と泣き声を聞くことがつらかった。だから、専攻を選ぶ時、小児科は外さざるを得なかった。

「光紀くんには……泣いてほしくない」

明るくて賢いあの子は、これからどうなっていくのだろう。一人で寝ないとご飯を作ってもらえないと言っていたあの子は。

「あれは……冗談でもなんでもなかったんだ」

遙は小さくため息をついた。自分はただ隣に住んでいるだけの赤の他人だ。何もしてやれない。せいぜい、ここにいる間、おいしいと彼が言ってくれるご飯を作るくらいのことしかできない。

「どうすれば……いいんだろう」

隣の気配に耳を澄ます。少し不機嫌に見えた鮎川は、どうやって光紀を寝かしつけただろう。物音はしない。二人は静かに眠っただろうか。

いつの間にか、この生活が普通になっていた。光紀とともに、鮎川の帰りを待つ日々。

彼のためにメニューを考え、食事を作るのが当たり前になった日々。今の遙は、それを壊すことがとても怖かった。

「どうすれば……」

壊さずに済むのだろう。この穏やかな日々を。遙は、この静かな空気感がとても気に入っていることに気づいた。

「……変なの」

遙は思わず微笑んでしまう。あんなに鮎川を怖がっていたのに、今の遙は鮎川の帰りを待っている。

〝先生が帰ってこないと、光紀くんにご飯食べさせられないし〟

誰に対してかわからない言い訳をして、遙は立ち上がろうとした。

「あれ……？」

コンッと微かな音がした。ドアの方から聞こえたと気づくのに、少し時間がかかった。もう一度コンッと音がして、ドアを誰かが叩いているのだと確信できた。

「はい……？」

誰かが来たなら、インターホンを押せばいいのにと思いながら、ドアスコープをのぞく。

「え……」

慌ててドアを開けると、壁に寄りかかるようにして鮎川が立ち、左手の指の節でドアを叩いていた。

「鮎川先生……」

「入っていいか」

いつものように低く落ち着いた声。廊下が暗いので、表情はよくわからない。

「はい、どうぞ……」

遙はドアを押し開けて、鮎川を家に迎え入れた。と、突然、腕を摑まれた。

「え……っ」

そのまま、逆に部屋の中に連れ込まれた。軽く廊下の壁に突き飛ばされて、遙の息が止まりかける。

〝な、何……っ〟

「……おまえが悪い」

鮎川が低い声で囁いた。耳元に吐息が触れて、背中がぞくりとする。はっと気づくと、鮎川の整った顔がびっくりするくらい近くにあった。

〝これって……もしかして、壁ドンっていうやつ……？〟

壁際に追い詰められ、彼がまるで覆いかぶさるようにして、遙の小さな顔の横に左手を

ついている。右手の指がまるでくすぐるように、遙の華奢な顎先《あごさき》を軽く持ち上げていた。

「ぼ、僕が悪いって……」

「あんな目で……俺を見た」

「あ、あんな目って……っ」

最後まで言わないうちに、唇を塞《ふさ》がれた。目を閉じる間もなく、彼の顔が近づいてきて、唇が重なる。

〝い、息できな……っ〟

息継ぎをしようと唇を開いたところで、するりと滑り込んできた彼の舌先に舌を絡め取られた。意外なくらい深くなるキス。細い腰に腕を回されて、引き寄せられる。頭の芯《しん》が真っ白になって、くらっとした。

〝倒れ……る……〟

崩れ落ちる寸前でキスがほどかれて、遙はふわっと彼の肩に倒れ込んだ。そのまま、ずるずると座り込んでしまう。

「あ、新手の……いじめ……ですか……」

目元に浮かんだ涙を指先で拭って、遙はかすれた声で言った。

「いじめ？　おまえ、何を言っている」

座り込んだ遙に手を貸して立ち上がらせると、鮎川はそのまま手を引いて、自分の胸の中に抱き取った。

「何して……」

「おまえが悪いんだぞ」

あくまで強気に、鮎川が言う。低く甘い声に腰砕けになりそうだ。

〝この人……こんな声で診察するのかなぁ……〟

「おまえがでかい目で俺のこと見るから悪いんだ。その……濡《ぬ》れたみたいなでかい目で」

「あ、あなただって……っ」

彼に抱きしめられているので、どんな顔で言っているのかわからない。どうせ、からかわれているんだろうと思いながら、遙はやけくそのように言った。

〝どうせ馬鹿にされるに決まってるんだから……もういい……っ〟

「そんな……金色の目をしているくせに、妙に寂しい背中を見せたりするから……っ。僕をいじめるくせに……僕の料理をおいしそうに食べたりするから……っ」

「おまえ……何言ってるんだ？」

「僕、ご飯を人に作ったことなんてなくて……それをおいしそうに食べたりするから……っ。意地悪なくせして、ごちそうさまとか言ったりするから……っ」

「し……っ」

鮎川の長い指が遙の唇に触れた。

「でかい声出すな。ここの壁は薄いんだ。光紀が目を覚ます」

「……」

彼の淡い色の瞳が近づいてきた。その瞳を最後まで見つめていようとして、でも、その視線の強さがまぶしくて、目を閉じてしまう。さっきのような乱暴なキスではなく、そっと甘く唇が重なった。唇を唇で愛撫《あいぶ》するような甘いキス。こんな優しいキスのできる人なんだと、ちょっとびっくりした。

「……嫌がらないんだな」

彼がふっと笑った。

「嫌がった方がいいんですか？」

遙は目を閉じたまま答える。

「嫌がった方がいいなら、嫌がりましょうか？　僕は……あなたに逆らえない」

「可愛いことを言う」

一回り華奢な遙を腕の中に抱えて、鮎川は少し唇をゆがめた。

「あまり可愛いことを言うと、またいじめるぞ」

「……そういう人なんですか？」

遙は少し不安そうに言った。

「……考え直そうかな……」

「そうはいくか」

鮎川はぱっと言い、遙をきつく抱きしめた。こんなにも人の身体はぴったりと重なるのかと思うほど、彼の肌のあたたかさを感じる。

「俺を餌《え》付《づ》けしたおまえが悪い。いくらおまえが嫌がっても、もう離してやらないからな」

甘い声で怖いことを囁かれながら、また壁に追い詰められて、両手を軽く押さえられた。

「……言えよ、遙。俺が……嫌いじゃないんだろう？　俺を受け入れる程度には」

「……あなたを見つめずにいられたら、どんなに楽かとは思いますけど」

瞳をまともにのぞき込まれて、声が震える。彼の瞳は美しい。まるで野生の獣のように。

薄暗い廊下の明かりの下でも、冴《さ》え冴《ざ》えと強く輝く金色の瞳。

「あなたは……強引だ」

両手をはりつけにされたまま、瞳をそらすこともできずに、告白を引き出される。

「いつも……そうやって、僕を振り回す。いくら逃げようと思っても……僕を逃がしてくれない」

そっと頬にキスをされた。そして、耳元に。首筋に。柔らかい唇の愛撫が降りてくる。

「僕は……もうあなたに捕まってしまった。もう……逃げられない」

胸がぎゅっと締まってしまったようで、言葉が途切れる。心臓外科医が言ってはいけないフレーズだと思うが、心臓が口から飛び出してしまいそうだ。

「ああ……逃がしてやらない」

瞳を見交わしながら、そっと吐息が近づいていく。唇が柔らかく触れあう。遙の唇が無意識のうちに軽く開き、鮎川の唇を受け入れようとした時だった。

「パパぁ？」

「わぁ……っ！」

「こら……っ」

三つの声が重なった。コンコンと小さな手がドアを叩いている。

「パパ？　遙先生？」

光紀の声だった。ドアをコンコンと叩きながら、ぼんやりとした寝ぼけ声で二人を呼んでいる。

「パパ、鍵閉めちゃうよ……？　それとも、遙先生のおうちにお泊まりするの？」

「鋭いんだか、鈍いんだか……」

鮎川は苦笑して、遙の唇に軽くキスをした。

「光紀、今開けるから待ってろ」

ドアの向こうの光紀に声をかけながら、鮎川は摑んでいた遙の右手首にも、そっとキスをした。

「今日はここまでにしといてやる」

「弱い悪役みたいなセリフだ……」

「遙」

鮎川が呆れたように、ひっと肩をすくめた遙を見下ろして言う。

「おまえ、なんでその一言を言うんだ？　言わなくていいだろ？」

「なんでなのかな……」

名残惜しそうに鮎川の体温を手放して、遙がつぶやいた。

「……他の人には、失言はないんですけど……」

鮎川は玄関に向かっていた。鍵を開け、ドアのノブに手をかける。

「おまえ」

振り返って、ふっと、とんでもなく格好よくて、色っぽい笑みを見せた。

「それは俺に構ってほしいからじゃないのか?」

「え……っ」

すとんと廊下に座り込んでしまう。鮎川はドアを開けた。

「パパ?」

パジャマ姿の光紀が、目をこすりながら廊下に立っていた。

「パパ、眠たいよ」

「ああ、今戻る。来い、光紀」

光紀を軽々と立て抱っこにして、鮎川は座り込んだままの遙を振り返った。

「じゃ、おやすみ、遙」

「おやすみー、遙先生」

光紀がバイバイと手を振るのに、無意識のうちに応《こた》えて、遙は二人を見送る。カチャンとドアが閉じ、微かな靴音がして、隣のドアが開く音がした。

「遙……だって」

再び廊下に座り込んで、遙は小さくつぶやいた。

「遙って……呼ばれた……」

キスもしてしまった。抱きしめられてしまった。

「どうしよう……」

怖いと思っていた人だったのに。嫌いと思っていた人だったのに。

あんなに甘く囁く人だとは思っていなかった。あんなに……優しいキスをする人だとは思っていなかった。

「どうしよう……」

好きになってしまった……。

ACT 6

十二月になって、病院の中はクリスマス一色になった。病院にクリスマスなんて意外かもしれないが、病院という非日常の中に常に身を置くことになる患者にとって、かえって季節の行事のような日常は大切なのだ。そうやって、自分を日常の中に引き戻す。病気に埋没せず、普通の生活を思い出す。そんなことも大切なのだ。

「おっきいクリスマスツリーだねぇ」

保育園に光紀を迎えに行った遙は、そのまま光紀を病院に連れてきて、ロビーに立っているクリスマスツリーを見せた。

「二階まで届くねぇ」

病院の受付ロビーは三階まで吹き抜けになっている。その二階部分まで、クリスマスツリーは届いていた。

「どうやって飾ったんだろうねぇ」

のんびりとした光紀の言い方に、遙はくすっと笑ってしまう。

「そうだね」

　クリスマスツリーは、当直帯に運び込まれ、飾りつけられていたので、その過程を遙は見ていなかったのである。

「もうじき電気がつくよ」

　光紀の肩に手を置いて、遙は言った。

「見てて」

「うんっ」

　喜んで頷《うなず》いた光紀だったが、あっという顔をした。

「どうしたの？」

「遙先生、水筒忘れてきちゃった……」

「え？」

「保育園に忘れてきちゃった」

　忘れてきたのは、光紀お気に入りのペンギン柄の水筒だ。買い物に行ったショッピングモールで光紀が釘付《くぎづ》けになり、根負けした鮎川が買ってやったものである。

「今取ってきてあげるよ。ここで待ってて」

「いいの？」

「置いていったら、ペンギンさんがかわいそうだからね」

遙は光紀をロビーの椅子《いす》に座らせると、保育園にとって返した。まだ、親が迎えに来ていない子供がいたから、閉まっていないはずだ。小走りに白い建物に戻る。玄関から出て、右に回ると保育園がある。まだ明かりがついているのにほっとした。

「……すみません」

インターホンを押すと保育士が出てきてくれた。

「あら、志穂野先生。どうなさいました？」

「すみません、光紀くんが忘れ物をしちゃって……」

「ああ、水筒ですね」

気がついていたのだろう。ちょっと待ってくださいねと奥に引っ込んでいった保育士がすぐに戻ってきた。

「はい、どうぞ」

「ありがとうございます」

軽く頭を下げて、病院に戻ろうとする遙に、保育士がふと声をかけてきた。

「志穂野先生」

「はい？」

「あの……ちょっとお時間よろしいですか？」

「あ、はい……」

遙は招かれるままに、保育園の玄関の中に入った。まだ数人の子供たちが親の迎えを待っている。

「何か？」

「あの……光紀くんのことなんですけど」

「光紀くんのこと？　僕でわかるかな……」

「光紀くん、体調が悪いんでしょうか？」

「え？」

遙はきょとんとして、保育士を見た。彼女は心配そうな顔をしている。

「光紀くん、この頃、あまり遊びたがらないんです」

「遊びたがらない？」

「ええ。園庭での外遊びに出たがらなくて。一緒に遊びましょうって言っても、風邪《かぜ》ひくから外には出ないのって言って……」

遙は「えっ？」と目を瞬《しばた》く。

「別に風邪はひいていないと思います。体調も特に……。ご飯もしっかり食べてますし」

「そうなんです。給食もおやつもちゃんと食べてるし、保育室での静かな遊びには参加するんです。でも、外に出たがらなくて」

遙は考え込んだ。光紀との生活を思い出す。一緒に暮らしているのは鮎川だが、休みの日は三人で過ごしているし、夜も光紀が眠くなるまで三人で一緒にいる。その生活の中で、遙は光紀が体調を崩しているとは思えなかった。買い物にも一緒に行きたがるし、公園に散歩に行ったりもする。鮎川も遙もアウトドアなタイプではないので、積極的に外遊びはしていないが、光紀が自分の身体《からだ》をかばうような様子は見られなかったと思う。

「わかりました。光紀くんに聞いてみます。体調を崩しているなら、病院で診《み》てもらうことにします。ご心配おかけしました」

「いえいえ。私たちの考えすぎならいいんですけど。光紀くん、とてもいい子なんですよ。頭もいいし、大人っぽいし。本当に鮎川先生の子供さんじゃないんですか？」

「ち、違いますよ……っ」

遙は慌てて言った。

「あ、鮎川先生は独身です。まぁ……そこに子供預けるのもどうよって感じですけどね」

あははと笑って、遙は保育園を出る。

「ありがとうございました……っ」

鮎川が遙の家に帰ってきたのは、午後七時を少し回った頃だった。

「お帰りなさい」

「ああ」

キッチンで夕食の支度をしていた遙は振り向いた。

「もうじきできます。少し待っててください」

「ああ。光紀は？」

「お風呂《ふろ》です」

今日の夕食は煮込みハンバーグだ。休みの日に仕込んでおいたハンバーグ種を解凍して焼き目をつけてから、デミグラスソースで煮込む。ハンバーグを作ってあるので、意外に時間がかからない。マッシュポテトとコーンのバターソテーを添え、これも休みの日に仕込んでおいたポタージュを解凍して、あたためる。

「……鮎川先生」

コートを置いて、鮎川がキッチンに来た。光紀がまだお風呂にいるのを確かめてから、そっと遙を後ろから抱きしめてくる。

「あ、危ないですよ……っ」

「外は寒いんだ。少しあっためろ」

「何言ってんですか。火を使ってるんですから、離れてください……っ」

光紀が来たらどうするつもりなんだ。あの子のことだから、二人が一緒にいたところで驚きもしないだろうが、さすがに抱き合ったり、キスしたりというところは見せたくない。子育てと恋愛は別次元の事象なのだ。

「もう……びっくりするなぁ……」

面白くないやつだと言いながら、鮎川が離れていき、遙はほっと息をついた。

「あ、あの……鮎川先生……」

「なんだ？　やっぱりキスしてほしいのか？」

「違います……っ」

「包丁持って振り返るな」

手にしていた包丁を置いて、遙は鮎川を見た。

「先生、今日、保育園で言われたんですけど……光紀くん、体調が悪いんですか？」

「え？」

鮎川が眉《まゆ》をひそめた。

「どういうことだ？」

「なんだか……外遊びを嫌がるんだそうです。なんだかんだ言って、外遊びに参加しないようで」

「光紀に聞いてみりゃいいじゃないか」

あっさりである。

〝うん、こういう人だ〟

「聞いてみましたよ。何かあったのかって」

「なんだって？」

鮎川はいつものように自分でコーヒーをいれ、料理をする遙の傍《そば》にいる。二人の思いが繋《つな》がり合ってから、こんなふうに鮎川はさりげなく遙の傍にいるようになった。おかげで光紀に内緒の話もしやすい。

「子供ばっかりだからつまらない」

「あ？」

鮎川が呆《あき》れたような声を出す。

「なんだ、そりゃ」

「光紀くんがそう言ったんですよ。なんで、外遊びしないのか聞いたら」

「……あいつなら言いそうだ」

鮎川が渋い顔をしている。光紀は可愛《かわい》いところも多々あるのだが、基本的にこまっしゃくれている。男の子には珍しいほど口が達者である。

「さすが、あなたの子供ですよね……」

「遙、おまえ、なんでそう一言よけいなんだ」

「何か、一言言いたくなるんです。あなたの顔見てると」

「おまえ、多分にMっ気あるんじゃないのか?」

「かもしれません」

バスルームのドアが開く音がした。光紀がお風呂から上がったらしい。手のかからない子供である光紀は、お風呂も一人で入れて、ちゃんと身体を拭《ふ》いて、パジャマも一人で着て出てくる。

「じゃあ、光紀くん、体調は悪くないんですね?」

少し早口で遙が言った。鮎川が頷く。

「俺が見る限りはな。おまえはどうなんだ?」

「僕も……体調の悪さはあまり感じていません。まぁ……もともと光紀くんが走り回って遊ぶような子じゃないから、外遊びしないって言われても、もともとしか言いようがなくて」

「……大丈夫だろ」

　鮎川が言った。

「あいつのことだ。体調が悪ければ自分で言う。寒いのが嫌なだけだろ」

「です……ね」

「あ、パパだ」

　そこに光紀がお風呂から上がってやってきた。

「お帰り、パパ」

「ああ。ちゃんと身体洗ったか、光紀」

「パパよりちゃんと洗ってるよ」

　さらりとこういう返しをする子供である。鮎川が振り向いて、「な?」という顔をした。遙も頷く。

　きっと大丈夫だ。

「光紀くん、今日はハンバーグだよ」

「やったー!」

　これだけは子供らしく、光紀はハンバーグやカレー、スパゲティが大好きだ。にこにことテーブルについた光紀を見て、遙と鮎川は顔を見合わせたのである。

心臓外科という専門の関係で、遙の外来は、あまりびっちりと詰め込まれていない。一人一人に時間がかかるので、予約を加減してもらっているのだ。手術の大まかな説明や術後観察が多いので、どうしても時間がかかってしまうためである。

「志穂野先生」

今日は、あまり時間のかかる患者がいなかったので、少し時間が空いた。持ち込んでいるペットボトルのお茶を飲もうとしていた遙は、ナースに声をかけられて振り返った。

「はい？」

「保育園からお電話です」

「え？」

遙はお茶を飲むのをやめて、電話を取った。

「はい、志穂野です」

『あ、保育園の沢野《さわの》です』

光紀のいる年長組を見てくれている保育士だった。

『先生、来ていただけませんか』

「何かあったんですか」

保育園の検診をしているので、保育園で何かあると、まず遙に連絡が来ることが多い。遙に指示を仰いでから、病院に子供を連れてきたりするのだ。ほとんど校医の扱いである。

『あの、光紀くんが……』

「光紀くんに何かあったんですか……っ」

遙は思わず立ち上がっていた。

『保育室で遊んでいたんですけど、急に胸が苦しいってうずくまってしまって。顔色も悪いし……でも、動かしていいものかわからなくて』

「……すぐ行きます」

遙は電話を切り、ナースを振り返った。

「すみません。ちょっと空けます」

「え、え？」

ナースの反応も見ずに、遙は診察室から走り出ていた。

「光紀くん……っ」

遙が保育園に駆けつけた時、光紀は病児保育用のベッドに休んでいた。顔色は悪く、唇にチアノーゼが見られる。

「あ……遙先生……」

光紀が腫《は》れぼったい瞼《まぶた》を開いて、小さな声で言った。

「どうしたの……？」

「どうしたのじゃないよ。どこが苦しいの？」

遙はベッドに駆け寄ると、首にかけていたステートを外した。

「胸の音を聞くよ」

「うん……」

光紀は諦《あきら》めたようにため息をついて、自分で胸を開いた。

「……なんともないんだよ……」

遙はイヤーチップを耳に入れ、聴覚に意識を集中した。

〝……心雑音……はっきりしてる……心不全……？〟

遙の胸がどきりと嫌な音を立てた。

〝先天性の心疾患か？……臨床症状が出てるってことは……〟

血の気が引いていくのを感じる。引き抜くようにステートを外すと、遙は顔を上げた。

「正直に答えてね。いつ頃から……胸が苦しかったの？」

「……よくわかんない」

光紀は困ったように答えた。

「ずっと……こんなふうだから。でも、うめ組とかさくら組の時は少しくらい走っても平気だったよ。つくし組になってから……少し苦しくなった」

「そう……」

軽く額を押さえて、遙は考えを巡らせる。

〝とにかく……早く診断を確定させないと〟

頭の中で、いくつかの病名がぐるぐる回っている。軽く頭を振り、遙は動揺を抑えた。

〝医者である僕が……動揺してどうする〟

首にステートをかけ、青白い顔に無理に笑顔を浮かべる。

「とにかく病院の方に行って、検査しようか。大丈夫、痛いことはしないから」

「パパに……」

胸をしまい、抱き上げようと腕を伸ばすと、そっと光紀が言った。

「パパに……心配させちゃうかな……」

「そんなことないよ」

優しく抱き上げて、遙は光紀に頬《ほお》ずりする。

「大丈夫だよ。すぐに……元気になれるから」

「それなら……いいけど」

光紀はふうっと深いため息をつく。

「パパに……迷惑かけちゃいけないって、ママに言われた。迷惑かけたら……放り出されるよって……」

遙の頭の中がかっと白くなった。

〝子供になんてこと言うんだ……っ〟

光紀が異様なまでに大人びて、何もかも一人でできるのには、やはり理由があったのだ。

〝乱暴しなくたって……これは虐待だ……っ〟

「大丈夫だよ」

遙は光紀をきゅっと抱きしめる。

「誰《だれ》も君を放り出したりしない。パパだって、僕だって、君が大好きなんだ。放り出すはずがないだろう？」

「よかった……」

目を閉じて、ふうっとため息をついた光紀を抱いて、遙は病院に戻った。

遙は、東三階病棟のナースステーション内にある説明室という小部屋に座っていた。患者や患者の家族に対してのムンテラに使われる小部屋だ。白いテーブルの上には、ディスプレイが一つ。カルテも様々な検査データも呼び出せるマルチディスプレイである。

「……どうした？」

ドアについたマークを『使用中』に変えて、鮎川が入ってきた。

「すみません、忙しいのに」

光紀の検査を終えて、遙は彼を小児科病棟にとりあえず入院させ、急いで鮎川を呼び出した。外来で診療中だった鮎川だったが、ちょうど昼休憩になり、遙が呼び出した病棟に上がってきてくれたのだ。

「電話で言えないことってなんだよ。くだらないことだったら、許さないからな」

「……座ってください」

遙は鮎川に向かいの椅子を勧めた。

「さっき、光紀くんを小児科病棟に入院させてきました」

「え……っ」

　さすがに、鮎川が顔色を変える。

「遙、笑えない冗談だぞ」

「こんなことで冗談言いません。今、説明します」

　遙は、保育園から呼び出されたことから、光紀を診察したこと、検査をしたことをざっと話した。

「光紀……やっぱり体調を崩していたのか……」

　鮎川がつぶやいた。苦い顔をしている。彼には珍しいほど苦痛に満ちた顔だった。

「なんてことだ……」

「……あの子にとって、おそらく胸が苦しいのが普通の状態だったんでしょう。胸が重いのが普通だから、それが体調を崩しているのだと気づかない。光紀くんは嘘《うそ》は言っていません」

　遙はディスプレイに心電図と心エコーを出した。

「……右軸偏位……これは右心室の負荷所見です。そして、ＡＦ（心房細動）、右脚ブロック……あと、左心室負荷の所見が見られます。心エコーは……これがカラードップラですが、左右の心室が交通しているのがわかります。程度は中程度。このまま放置することはできません」

「お、おい、遙……っ」

一気に言った遙に、珍しく、鮎川がストップをかけた。

「ちょっと待ってくれ。光紀は……心臓が悪いのか？」

「……はい」

少し間を置いて、遙は頷いた。

「ＶＳＤ。心室中隔欠損症です。状態としては中程度。さっきも言った通り、このまま放置はできません。臨床症状が出ていますので、早めに手術を考えた方がいいと思います」

「……先天性の心疾患か……」

鮎川がため息をついた。

「光紀の母親は知ってるのか……」

「どうでしょう。光紀くんは、積極的に症状を訴えてはいなかったようです。それに……これは僕の感じたことですが、光紀くんのお母さんは、あまり光紀くんに興味というか……そういう気持ちが感じられません。気がついていなかったかもしれませんね」

そして、遙はくっと唇をかんだ。

「……彼女のことは言えません。僕だって……気づかなかった。僕は……心臓外科医なのに」

「遙……」

「よく考えてみると、初めて会った時、光紀くんは息を弾ませていた。そんなに長い距離を走ったとは思えないのに、あの時の光紀くんは息を弾ませていました。他にも、何度かそんなことがあった気がします。あの子はとても注意して、日常を送っていました。無理をしないように。息が苦しくならないように。あの子の大人びた言動は、自分を守るためのものだった。自分の……身体を守るための」

遙はうつむいて、両手で自分の額を支えるような仕草をした。

「僕は……少しも気づかなかった。たった六歳のあの子の秘密に……」

「遙」

ため息をついて、鮎川が言った。

「気づくなら、一緒に暮らしていた俺の方が気づかなきゃならなかった。あいつが一人でなんでもできるのをいいことに、俺はあいつをほっといた。それが……同居の正しいあり方だと思っていた。あいつは……子供なのにな」

鮎川はすっと立ち上がった。手を伸ばして、遙の髪を優しく撫《な》でる。

「……すまなかった。おまえに何もかも押しつけてしまって。おまえだって、忙しいのにな」

「……いいえ」

「主治医はおまえか？」

「まだ……わかりません。今は小児科の小室《こむろ》先生に診てもらっています。なんにしても、今の保護者は先生ですから、先生にご相談してからと思って」

鮎川の手が優しく滑って、遙の頰を軽く包み込んだ。

「……今さらながら、こんなことを言って申し訳ないが、俺は心臓については門外漢もいいところだ。俺はできることなら、あいつに最高の治療を受けさせてやりたい。金なんて、いくらかかってもいい。俺は……あいつの身内として、できるだけのことをしてやりたい」

「……わかりました」

遙はそっと手を上げて、鮎川の手を自分の頰から外した。

「国立小児循環器センターに……知り合いがいます。診てもらえるように……連絡します」

「頼む」

鮎川は優しく、さらっと遙の髪を撫でるとドアに向かった。

「何もかも任せてしまってすまなかった。あいつに……会ってくる」

「……はい」

静かに鮎川が出ていき、遙はテーブルに両手の肘《ひじ》をついて、手の中に顔を埋《うず》めた。

「僕は……医者失格だ……」

たった六歳の子供の我慢に気づかなかった。初めて会った時から、あの子には症状が出ていたのに、少しも気づかなかった。あんなに傍にいたのに……何も気づかなかった。

〝僕は……あの人への……恋だけに夢中になっていた……〟

いつからだったのだろう。あの人のことが気になり始めたのは。ただいじめられているだけだと思っていたのに、気がついたら、あの人のことしか考えられないくらいの恋に落ちていた。

〝そうだ……光紀くんが来て……あの人の見たことのない顔を見るようになって……どんどん僕は惹《ひ》かれていった……〟

きつく手を握りしめてしまう。

〝ごめんね、光紀くん……僕は君に謝っても謝りきれない……〟

「志穂野先生」

コンコンと軽くドアをノックして、ナースが声をかけてきた。

「西三階病棟が、先生を探しているようですよ」

「あ……っ」

ムンテラの間は切っておくＰＨＳをいつもの習慣で切ってしまっていた。電源を入れ、病棟に連絡をいれる。

「志穂野です。すぐ……行きます」


光紀は一日だけ入院して、鮎川の自宅に戻ってきた。

「大丈夫なのか？」

歩かせるのもなんとなく怖いという風情の鮎川に、光紀はあははと笑った。

「今まで手も繋いでくれなかったのに、何言ってるの、パパ。昨日はちょっと寒かったからじっとしていただけだよ」

賢い光紀に病識がないはずはない。ふがいない大人たちに心配させまいとしているのだ。

「お薬、持ってきたよ」

遙は薬局から受け取ってきた薬の袋を置いた。

「ちゃんと飲んでね」

「苦いの嫌だなぁ」

けろっとしている光紀に、遙はこわばった笑みを見せた。

「少しおいしくしてもらったよ。でも、おやつ代わりにはしないでね」

「そのくらいおいしいといいのに」

久しぶりに訪れた鮎川の部屋は、相変わらずクールだったが、子供のものが隅っこにちょこんと置いてあって、なんだかアンバランスだった。キッチンにも、この前はなかった子供用のカップがあって、食器も少し増えているようだ。

「じゃ……僕はこれで」

食事は外で済ませていた。遙の方が手術日で帰りが遅かったので、鮎川が光紀を迎えに行き、そのままファミレスで食事をしてきたのだ。

「え、遙先生、帰っちゃうの？」

光紀がきょとんとして、遙を見上げてくる。

「僕、まだ寝ないよ？」

遙と鮎川は、光紀が寝るまで一緒に過ごすのが常だった。夕食を一緒にとり、その後はお茶を飲んだり、テレビを見たりで、なんとなくだらだらと過ごす。そして、光紀が眠くなったところで、鮎川が光紀を連れて、自分の部屋に帰るのだ。

「今日は……早く寝た方がいいよ」

遙は立ち上がる。

「先生、僕、帰ります」

「あ？　ああ……」

鮎川はぼんやりと答えた。彼らしくなかった。それほど、光紀の病気にショックを受けているのだろう。

〝僕は……先生も傷つけてしまった。僕が……もっと早く、ちゃんと気づいていたら……こんなことには……〟

「じゃ、おやすみなさい」

「遙先生……」

玄関に向かった遙に、光紀がついてくる。不安そうな顔で、彼は遙を見上げていた。

「……僕、大丈夫だからね？」

「光紀くん……」

「だから……そんな顔しないでね」

遙はすっと身をかがめた。小さな手を伸ばしてくる光紀を抱きしめる。

「……馬鹿だね。光紀くんはなんにも悪くないんだよ……」

〝悪いのは……僕だ〟

「遙」

気がつくと、鮎川がそっと壁に寄りかかって立っている。

「……悪かったな。みんなおまえに押しつけてしまって」

「いえ」

鮎川は見たことのない顔をしていた。自信家の彼らしくもない、どこか頼りなげな表情をしていた。

〝先生に……こんな顔させちゃったのは……僕だ〟

遙は光紀を軽く抱き上げると、鮎川に渡した。

「……明日、いつものように迎えに来ます。保育園には、光紀くんの状態を話してありますから」

「保育園で大丈夫なのか？　入院してなくていいのか？」

遙はすっと視線を外した。ドアに手をかける。

「……今のところ、日常生活は普通に送った方がいいと思います。入院によるストレスはなるべく少ない方がいいので。国立小児の友人にできるだけ早く診てもらうようにしますので、それまで、普通に生活した方がいいと思います」

「遙」

鮎川が低い声で言った。

「おまえ……何か、怒ってるか？」

「え？」

遙はぼんやりと振り向いた。

「別に……何も」

「……それならいいんだが」

鮎川は光紀を抱いて、少し不安そうな顔で、遙を見ていた。

「失礼します」

遙は静かにドアを開け、なるべく二人の方を見ないようにしながら、自分の部屋に戻ったのだった。


隣の家は静かだ。きっと、もう光紀は眠ってしまったのだろう。鮎川は風呂にでも入っているだろうか。遙は書斎の椅子に座り、ぼんやりとしていた。

「……先生……」

キッチンもリビングも、鮎川と光紀の気配が濃すぎて、一人でいる気にならなかった。

「でも……」

ここにも、光紀の気配はある。初めて光紀がここに来た時、泊めてやった部屋がここだ。あの日からすべてが始まった。光紀がすべてを運んできてくれた。恋も幸せも。仕事だけだった遙の味気ない人生に、光紀は彩りを与えてくれた。そんな光紀を、遙はないがしろにしてしまった。そのつもりはなかったが、遙の目は光紀から鮎川に向かい、やがて、鮎川だけを見て、光紀を見なくなってしまった。

〝僕の……せいだ〟

メールの着信音がした。遙はのろのろと手を上げて、スマホを取り上げる。

「……田端……」

『明後日の診察枠に空きができた。患者を連れてこられるようだったら、十一時に来てくれ』

メールの発信者は幼なじみであり、小児心臓外科医である田端克己だった。国立小児循環器センターに勤務している彼に、遙は光紀の診察を頼んだのである。遙の勤務する愛生会総合病院では、小児の心臓手術はできない。子供と大人では、臓器の大きさがまったく違う。麻酔の問題もあり、専門病院でないと手術は難しい。

「……わかった……よろしくお願いします……っと」

メールを返して、遙は深くため息をつく。

「とにかく……今は光紀くんの病気を治すことに集中しないと……」

〝それまで……〟

僕の恋は封印しなければ。

それが今の僕にできる……たったひとつのことだ。


今日の晩ご飯は、子供仕様の麻婆《マーボー》豆腐と卵スープだ。大人用には、花椒《かしょう》を入れる。

「赤くて可愛い」

それが光紀の感想だった。

「お豆腐おいしいっ。ねぇ、僕もっと辛くても大丈夫だよ」

いつものように、光紀はにこにこしている。しかし、その笑顔にも健気《けなげ》さを感じて、遙は黙り込んでしまう。

「遙先生……どうしたの？」

光紀が不安そうな顔をする。遙は首を軽く横に振った。

「なんでもないよ。さ、食べて。お代わりもあるからね」

「……パパは？」

ふうふうと熱いスープを吹きながら、光紀は小首を傾《かし》げる。

「パパ、遅いねぇ」

「あ……そうだね」

そこに、インターホンが鳴った。

「あ、パパだっ」

光紀が椅子から飛び下りた。背伸びして、インターホンのボタンを押す。

「はーいっ」

『俺だ』

鮎川の低い声がした。光紀がにっこりする。

「パパ、今日は麻婆豆腐だよ。おいしいよ」

『ああ』

遙はドアロックを解除した。ドアが開き、鮎川が入ってくる。

「パパ、お帰りっ」

「ああ」

黒のコートがよく似合う。すらっとした長身に黒のロングコートがよく似合って、どきどきするくらい格好いい。遙は立ち上がると、鮎川が脱いだコートを受け取った。

「どうぞ。ご飯すぐ用意しますから」

「あ、ああ……」

コートをかけ、遙はキッチンに戻った。温め直した麻婆豆腐に花椒を添え、卵スープもあたためて、こちらは黒胡椒《くろこしょう》を挽《ひ》く。副菜は昆布の佃煮とブロッコリーのおひたしだ。ほかほか炊きたてのご飯を盛って、テーブルに置く。

「……うまそうだな」

鮎川が箸《はし》を取る。遙は黙って、再びキッチンに戻った。食事を途中にして、お湯を沸かして、お茶の支度をする。鮎川と同じテーブルにつくことがつらかった。彼がおいしそうに食事をするのを見ていたら、きっともっと彼を好きになってしまう。ご飯を食べるのを忘れるくらい、彼を見つめてしまう。

〝今は……だめだ〟

自分の思いにストップをかけなければ。自分は決して器用な方ではない。鮎川を見つめてしまったら、きっと光紀をまたないがしろにしてしまう。それが何より怖い。せめて……せめて、光紀の体調が落ち着くまで、鮎川とは距離を置きたい。そうしなければならない。

「遙」

鮎川の声が聞こえた。

「どうした？　飯食わないのか？」

「あ、え、ええ。ちょっとキッチンを片付けないと。先に食べていてください」

遙はゆっくりとキッチンを片付けた。丁寧にシンクを拭き、使った調理道具を洗う。そっと盗み見ると、鮎川が光紀の食事の面倒を見ていた。光紀はきれいに食べる子だが、それでもやはり子供だから、上手に食べられないことがある。鮎川は不器用な手つきながら、光紀の口のまわりを拭いてやり、少しこぼしてしまったスープを拭き取る。

〝優しいところもあるんだ……〟

「遙」

「は、はい……っ」

「とっとと食わないと、おまえの分も食っちまうぞ。俺も光紀も腹が減ってるんだからな」

鮎川がよく通る声で言った。光紀が明るく笑う。

「た、食べてもいいですよ。僕の分は……いいから」

遙は鍋《なべ》を拭きながら言う。

「おいしいなら、全部食べて」

「何を言っているんだ」

すっと鮎川が立ち上がる気配がした。彼の大きな手がそっと肩に置かれ、きゅっと強めに摑《つか》んでくる。

〝いけない……っ〟

その微《かす》かな痛みに、胸の奥がきゅっと摑まれたような気がして、遙は反射的に、その手を振り払っていた。

「遙……」

鮎川がびっくりしたような顔をしている。パンッと意外なくらい強い音がして、遙ははっと我に返った。

「ご、ごめんなさい……っ。なんか……びっくりして……」

「いや」

鮎川の低い声。すうっと離れていく体温。

〝行かないで……っ〟

「悪かった。驚かせて」

そして、テーブルに戻ると、彼は黙々と食事を再開した。光紀も静かにスープを口に運んでいる。

〝傷つけて……しまったのかな……〟

しんと静かなダイニングキッチン。鮎川は淡々とした無表情のまま、食事を続けている。光紀も、遙と鮎川の間の微妙な空気を読んだのか、いつも以上におとなしく食事をしている。

〝だめだ……僕は……〟

好きなのに。胸が絞られるくらい好きなのに。僕はあなたたちを傷つけてばかりいる。

ふと見ると、お湯が沸いていた。遙はできるだけ時間をかけて、丁寧にお茶を入れる。お気に入りの中国茶。お湯を差すときれいに花の開く工芸茶をガラスのカップに入れて、ゆっくりとお湯を注ぐ。

この顔を見られたくない。しっかりしなければならないのに、迷いと戸惑いに揺れる頼りなげなこの顔を。このお茶が花開くまでの短い時間で、笑顔にならなければならない。笑顔にならなければ。

「……お茶が入りました」

やはりうつむいてしまう。振り向く勇気が出ない。そっとトレイを滑らせると、ぽんと椅子から下りた光紀がトレイを取りに来た。鮎川は動かない。遙も動けない。光紀が二人の間をそっと繋ぐ。

「パパ見て、きれいだよ」

光紀の声だけが、静かなキッチンに響いた。

食事を終えるとすぐに、鮎川は光紀の手を引いて立ち上がった。

「……今日は帰る」

「はい」

遙は頷いた。鮎川の顔をまともに見られなかった。好きな人の顔なのに。

「おやすみ、光紀くん」

「……遙先生」

光紀が手を伸ばした。遙の手を取って、きゅっと握る。

「光紀くん？」

「一緒に……来て」

「え……？」

遙と鮎川の手を両方握って、光紀は言った。

「一緒に……寝よ？」

「光紀くん……っ」

「僕、遙先生とパパと一緒に寝たい」

ずっと一人で眠ってきたという光紀だったが、昨日の入院でよほど寂しかったのだろうか。

「今日だけ。ね？　いいでしょう？」

「光紀、わがままを言うな」

鮎川が平坦な口調で言った。

「遙が困っている。俺が一緒に寝てやるから、我慢しろ」

「パパと……遙先生がいい」

聞き分けのいい光紀が珍しくだだをこねる。

「一緒がいい」

「光紀」

「あ、あの……っ」

遙はたまらずに言った。

「鮎川先生がよろしければ……僕、行きますけど……」

「やったーっ」

光紀がにこにこと笑う。

「遙先生、パジャマ持っておいでね。一緒に寝ようね」

「光紀」

鮎川の制止にもかかわらず、光紀は遙の手をぶんぶんと振る。

「やったー。パパと遙先生と一緒に寝るんだっ！」

そして、ちらっと遙と鮎川を交互に見る。

「だから、けんかしないでね？」

はっとして見た光紀の顔は、びっくりするくらい真剣だった。鮎川がすっとそっぽを向いた。

「……けんかなんかしていない。おまえの考えすぎだ、光紀」

「あの……」

遙は光紀の手を優しく握り返した。

「先に帰っていてください。お風呂に入って、着替えてから行きますから」

「……」

鮎川は無言のまま、光紀を抱き上げた。すうっと奪われるように、光紀の手が遙の手から離れていく。

「遙先生、絶対来てね。約束だよ」

「……わかったよ」

優しく光紀に答えながら、遙はすっと背を向ける鮎川だけを見つめていた。


鮎川のベッドはダブルサイズで、鮎川自身は長身だが、あとが子供の光紀とほっそりと華奢《きゃしゃ》な遙だったので、三人で寝てもそれほど窮屈な感じはしなかった。ご機嫌な光紀を真ん中にして、川の字に三人でベッドに入る。

「パパ、遙先生とけんかしないでね。僕が寝ても、けんかしちゃだめだよ」

「あのな」

壁の方を向いて、背のところで折った雑誌を読んでいた鮎川が不機嫌な口調で言った。

「けんかなんかしてないって言ってるだろ。おまえもいいかげんしつこいな」

「だって」

光紀はひょいと身体を起こすと、横向きになっている鮎川の上にのしっと乗った。

「こら、重いぞ」

「僕のせいで、パパと遙先生がけんかしちゃったら、僕だって寝覚めが悪いもん」

飄々《ひょうひょう》と言ってのける光紀に、遙は驚く。

「光紀くん、難しい言葉を知っているんだね……」

「おまえがそんなに可愛いタマか。いいから、さっと寝ろ」

雑誌を丸めて、軽く光紀の頭をはたくと、鮎川はまた雑誌を読み続けた。

「えへへ。怒られちゃった」

ペロリと舌を出すと、光紀はぬくぬくとふとんを肩まで引き上げて、目を閉じた。

「おやすみなさぁい」

一人で眠り慣れている光紀は、しばらく寝場所を探してもぞもぞしていたが、昨夜《ゆうべ》よく眠れなかったのか、すぐに寝息を立て始めた。遙はそっと手を伸ばして、光紀のふわふわと柔らかい髪を撫でる。光紀は喉《のど》の奥で甘えるような声を出して、遙の腕に抱きついてきた。

「可愛い……」

光紀を抱きかかえ、遙はくすりと笑った。その光紀の頭に、すっと鮎川が手を伸ばしてくる。まるで恐れるようにそっとそっとつむじのあたりに触れる。光紀を抱いていた遙の手に鮎川の手が重なる。

「……」

少し冷たい大きな手。まるで遙の手を包み込むように触れてくる手から、遙はそっと逃げた。

「……おやすみなさい」

遙の小さなつぶやきに答える声はなかった。

ACT 7

国立小児循環器センターは、淡いピンク色のなんとなく可愛らしい外見をしていた。もちろん大きな建物なのだが、大病院にありがちな圧倒するような雰囲気がなく、優しく受け入れてくれるような感じだ。大きなドアをくぐると、天窓のある明るいロビーが広がっていた。床も明るいクリーム色で、ロビーには大きな水槽がいくつもあり、きれいな熱帯魚がすいすいと泳いでいる。

「あ、お魚がいるよ、遙先生」

光紀がとことこと歩いて、水槽に近づく。

「これ、ポニョ？　テレビで見たよ」

「そうだね」

遙は手を伸ばして、光紀と手を繋いだ。

「さ、先生に診てもらおうね」

「僕、遙先生がいいなぁ」

「今日診てもらう先生は、僕の友達なんだよ。すごく優しいし、いいやつだから、大丈夫。光紀くんの苦しいのを治してくれるよ」

「うん……」

光紀は自分の身体の変調を知られてしまったことが、ひどく不本意なようだ。

「ねぇ……遙先生、僕、パパと遙先生とずっと一緒にいちゃだめ？」

「……え？」

「……僕の胸が苦しいのわかったら……僕はママとじいじのところに帰らなきゃいけない？」

何を言っているのかよくわからなかったが、少し考えて、ようやく意味がわかった。

「それは……君の心臓が悪いのがわかったら、僕と鮎川先生が君をママのところに帰すんじゃないのかってこと？」

「僕、帰りたくないよ」

光紀がぽつんと言った。

「春になっても……帰りたくないなぁ……」

ちょうど診察室の前に着いた。二人は赤とブルーが交互になっている可愛らしい椅子に座る。

「それは……後で考えようね」

光紀が先天性の心疾患を持っていることを、彼の母親は知っているのだろうか。

〝知っているとしたら……鮎川先生に知らせていたんじゃないのかな……〟

臨床症状の出ている心疾患だ。わかっていたら、すでに手術をしていたかもしれない。少なくとも薬物治療か継続的な受診はしていたはずだ。それをまったくしていなかったということは。

〝母親は光紀くんの病気に気づいていなかった……？〟

だとしたら、それはネグレクトと言えるのではないだろうか。

〝春になったら……〟

僕たちはどうなるのだろう。

外来は混んでいた。予約時間より三十分ほど早く来たのだが、結局一時間ほど待つことになった。光紀はおとなしく、持ってきた本を読んだり、遙が持ってきたスマホで動画を見たりしていた。

「鮎川光紀くん」

名前を呼ばれて、光紀ははいと返事をした。ぴょんと椅子から飛び下り、遙と手を繋いで、診察室に入る。

「お待たせしました」

『医師　田端克己』と表示された診察室に入ると、穏やかな笑顔を浮かべた医師が迎えてくれた。

「遙、いやぁ、驚いたな。おまえが患者さんを連れてきたのか」

「先生、遙先生のこと知ってるの？」

ちょこんと椅子に座り、光紀は田端を見上げた。

「あ、先生が遙先生のお友達なんだ」

「そうだよ」

田端がにこりとした。目尻《めじり》の下がった優しい顔立ちだ。遙とは、保育園時代からの幼なじみだ。遙の実家の保育園もよく手伝ってくれた親友である。今はお互いに忙しく、たまにメールをやりとりする程度のつきあいだが、実家に戻った時はタイミングが合えば、必ず食事に行く仲だ。

「君が鮎川光紀くんだね？」

「はい。鮎川光紀、六歳です」

光紀が元気に答えた。

「お、賢いな。遙、この子、おまえとはどういう関《かか》わりなんだ？　実家の関係か？」

「パパと遙先生がお隣なの」

光紀がハキハキと言った。

「パパもお医者さんなんだ。整形外科なんだよ」

「あ、あの……同僚の弟なんだ。ちょっと家庭の事情があって、同僚が預かってて……今日は、彼が手術日で仕事を抜けられないので、僕が代わりに付き添ってきたんだ」

「なんだ、そうか」

田端が、遙が受付に預けた資料や紹介状を確認している。受付に預けたものは、すべて電子カルテに取り込まれていた。ディスプレイの画面をいくつか開いて、田端は心電図やエコー画像を見ている。

「おまえの子供かと思ったのにな」

「な、何言って……っ」

「あ、それいいなぁ」

光紀があっけらかんと言う。

「パパも好きだけど、遙先生大好き。ご飯おいしいし、優しいし」

「ご飯がおいしいか」

田端が笑っている。遙にとっては懐かしい笑顔だ。

「確かに、遙は料理上手だよな。僕もよくお菓子を作ってもらったよ」

「うん、遙先生、お菓子も作れるんだよね。僕が好きなのはねぇ、ロールケーキ。クリスマスには、いちごのデコレーションケーキを作ってもらうんだ」

光紀はすっかりリラックスしたようだ。

「よし、じゃあ、お話は後にして、とりあえず診察してみようか。痛いことしないから、胸の音聞かせてくれる？」

「はぁい」

ベッドサイドエコーを用意させながら、田端は光紀の診察を始めた。


ディスプレイに、カラードップラの光の帯が踊る。

「短絡血流の量から見て……欠損孔はかなり大きい。左房、左室の拡大もこの年齢にしては大きいな」

診察室は薄暗く明かりが落とされ、ディスプレイの中で、ふわふわと光が揺れる。心エコーの画像である。さっきまで、光紀は診察室のベッドに横になって、心エコーの検査を受けていた。その動画がカルテに取り込まれ、今、遙の前で改めて、ふわりふわりと揺れている。エコーの画面は、レントゲンやＣＴなどの静止画と違って、動き続けていた。これが光紀の生きている証《あかし》であり、また、彼の持っている先天性の病の姿でもあった。

「詳しい計算をしてみるけど、手術の対象だと思うよ」

田端が照明の光量を上げて言った。

「臨床症状も出ているし、これ以上心臓に負担がかかる前に、早めに手術の予定を組んだ方がいいと思う」

「……そうだね」

遙はコクリと頷いた。これでも心臓外科医の端くれだ。光紀の心エコーを最初に撮ったのは自分である。この結果は予想していた。しかし、専門である小児心臓外科医の田端に言われると、現実を目の前に突きつけられた気分だった。

「……手術はここでやっていいのかな」

田端が優しい口調で言った。昔から優しい男だった。裕福な家庭でおっとりと育った田端は、いつも遙の保護者のポジションにいた。

「うん。光紀くんの保護者もそう言っていたし」

「その保護者だが」

田端が手術の予定表をディスプレイに出して、日程を調整しながら言った。

「おまえに任せっきりなのか？　この子のこと」

「そんなことないよ」

遙は微かに笑った。

「今日は彼が手術日で抜けられなかったから。普段は、光紀くんと一緒に暮らしているし、面倒もちゃんと見てるよ」

「でも、ご飯と保育園の送り迎えは遙先生なんだ」

光紀が自分でセーターをかぶりながら言った。検査のために脱いでいたのだ。

「遙先生のご飯、すごくおいしいんだよ。僕、ずっと遙先生といたいな」

「遙」

田端が少し声を低めて言った。

「……事情ありらしいな」

「あ、ああ……まぁ、そうかな」

子供の前でする話ではない。それでなくても、光紀は賢い子供だ。自分のポジションは正確に理解しているだろう。再婚した母親に置き去りにされた子供というポジションは。

それを声高に言うことはしたくない。そんな遙の気持ちをくみ取ったらしい田端は、軽く頷いた。

「……ちょうど年末だから、日程が空いてるな。術後二週間入院が必要だけど……ぎりぎり年内退院で予定が組める。どうする？　ちょっと忙しいけど。年またぐ形でも予定はできるよ」

「じゃあ……彼の本当の保護者とも相談しないといけないから、また連絡するよ」

遙は即答を避けた。田端への気安さでつい頷いてしまいそうだったが、光紀はあくまで鮎川の弟だ。手術の決定には、鮎川の承諾が必要だ。

「わかったよ」

田端は優しく微笑み、そっと光紀の頭を撫でた。

「光紀くん、またおいで」

「うん。僕、田端先生も好き」

世渡り上手な賢い子供はにっこり微笑《ほほえ》む。

「またね、先生」

光紀はご機嫌だった。行く先は病院なのに、右に遙、左に鮎川を従え、両手を繋いでもらって、ご機嫌である。

「パパ、今日は病院お休みなの？」

「誰のせいで休んだと思ってるんだ」

「僕のため」

あっさり答えて、光紀はにっと笑う。

「パパ、僕のためだよね」

「わかってんなら、いちいち聞くな」

これが二人の距離感なのだと、遙は思う。鮎川は光紀を子供扱いしない。まるきり遙に対するのと同じような物言いをするのでぎょっとすることもあるが、光紀は平気だ。

〝ちゃんと……先生が光紀くんのことを考えているの、わかってるんだ〟

やはり、光紀は賢いと思う。

〝僕はついつい光紀くんを子供として扱ってしまう……〟

しかし、それもまた必要なのかとは思う。光紀の大人っぽい賢さは、子供として可愛がられた経験が浅いことを指す。光紀はまだ六歳だ。遙は光紀を子供らしく育てたいと思う。時間が経てば、誰でも大人になるのだから。

「しかし、忙しいな。これから手術で、二週間入院して、年内退院だと、クリスマスは病院になるんじゃないのか？」

診察室の前に座って、鮎川が言った。今日は手術の日程確認と説明のために、光紀の保護者である鮎川も病院に来たのである。美丈夫の鮎川と華奢な美青年の遙に挟まれて、光紀はご満悦だ。

「それは仕方ないです。光紀くんにはかわいそうだけど、少しでも早く手術した方がいいと思うんです。臨床症状がそれほど深刻でなければ、年明けまで待ってもいいと思うんですが、小学校に入るまでにいろいろと落ち着いた方がいいと思うし」

「パパ、クリスマスは来年も来るよ」

光紀が大人っぽく言った。

「来年は一緒に過ごそうね」

「おまえに言われたかねぇや」

鮎川は軽く光紀の頭をはたいた。

「鮎川光紀くん」

その時、ちょうど診察室から声がかかった。

前回の時と同じように診察室の椅子に座っていた田端は、のそりと入ってきた鮎川に少し驚いたような顔をしていた。

「克己……田端先生、光紀くんのお兄さんで保護者の鮎川先……鮎川さんです」

「鮎川です」

鮎川はすっと頭を下げた。

「このたびはお世話になります」

「……あなたが」

田端がゆっくりと言った。

「遙に子供を押しつけていた人ですか」

「克己……っ」

今日は脇役《わきやく》と心得て、ドアの近くに立っていた遙は、びっくりして言った。

「な、何言ってるの……っ」

「違うのか？　子供の初診にもついてこずに保護者面か」

いつも穏やかな田端らしくない乱暴な口調に、遙は目を見開く。

「僕が好きで、光紀くんの世話をしていたんだよ……っ。鮎川先生は悪くない」

「遙」

鮎川が低い声で言った。

「おまえにかばわれるとは、俺も焼きが回ったもんだ」

椅子に座った光紀の両肩に手を置いて、鮎川は言った。

「光紀、俺はおまえを遙に押しつけてるか？」

「押しつけてはいないけど、ある程度任せているかな」

光紀が大人っぽい口調で言った。

「でも、僕は遙先生のこと好きだから、全然構わないよ」

「……だそうだ」

鮎川は低い声で言った。

「田端先生、先生は俺とけんかしたいのか？　それとも、光紀の治療をしてくれるのか？」

「そのどちらかを選ぶことはできませんので」

田端は冷たい目で、鮎川を見ていた。鮎川も負けないくらい冷たい視線で、田端を見返す。

「俺と遙の関係に関しては、先生に口を出されるものではないと思うがな」

「どうでしょうか」

さっきとは打って変わった丁寧な口調で、田端は言った。

「口を出す権利はあると思います。あなたが光紀くんの保護者であるように、私は遙の保護者ですので」

「克己……っ」

遙は慌てて遮った。

「そんなこと、今言わなくたって……っ」

遙はおとなしく引っ込み思案の少年だった。言葉も遅く、運動神経もよくなかった遙を保育園の頃からずっと守ってきてくれたのは、田端だった。小学校の後半くらいから、遙も成長し、少しずつ人の間に入っていけるようになって、田端の庇護《ひご》は必要としなくなっていたが、それでも、華奢で体力のない遙を田端はずっと傍で支えてくれた。遙が医者になれたのは、ある意味、田端のおかげかもしれない。彼が同じ方向を見て、前を進んでいてくれたから、遙はついていくことができたのだ。

「……あんた……失礼、田端先生が診てくれるのは、遙じゃなくて、光紀じゃないのか？もし先生が光紀を診る気がないとおっしゃるなら、他に……」

「鮎川先生……っ」

遙は慌てる。

「克己……田端先生もプライベートは切り離してください。お願いします」

「……失礼」

田端はすっと鮎川から視線を外した。

「詳しい手術の話をしましょう」

田端はディスプレイに向き直った。

「手術は、心室中隔に空いている欠損孔を閉鎖し、左右の心室の短絡をなくすことを目的とします。皮切は胸骨上のほぼ全長、胸骨正中切開から心臓に到達します」

田端はゆっくりとした口調で言った。

「鮎川さんも遙もドクターということで、あまりかみ砕いた言い方はしませんので、わからないことがあったら、遠慮なく言ってください」

「続けてください」

鮎川がぼそりと言う。田端はゆったりとした口調で話を続けた。

「心臓に到達したところで、人工心肺に切り替え、心臓を止めます。その後、心臓内を直接観察して欠損孔の位置を確認し、欠損孔の大きさに合わせた人工のパッチを当てて、欠損孔を閉鎖します。手術時間は一時間から一時間半。麻酔時間は二時間弱の予定です」

「入院期間は二週間と聞いたが」

鮎川の問いに、田端は頷いた。

「大事を取って……という感じでしょうか。順調にいけば、十日ほどでもいいと思います」

光紀は大きな目を見張って話を聞いている。

「十日で退院できるの？」

「うまくいったらね」

「そしたら、クリスマスはおうちにいられるね」

光紀はにこにこと言う。

「それなら僕いいや」

「おまえ、あっさりしてるな」

鮎川が呆れたように言った。

「おまえ、手術するんだぞ？　わかってるか？」

「だって、寝ている間に終わるんでしょ？　それならいいや」

光紀はあっけらかんとしている。

「それに、先生、遙先生の友達なんでしょ？　それならいいよ。僕、遙先生大好きだから、先生の友達なら好き」

　鮎川は渋い顔をしていたが、何も言わなかった。しんと気詰まりな沈黙が診察室に広がる。少しためらってから、遙はそっと言った。

「あの……田端先生……よろしくお願いします」

「遙、その言葉を言うのは君じゃないよ」

　田端が穏やかに言い、妙に鋭い目で鮎川を見る。鮎川はしばらく沈黙を続けた後、光紀に見上げられて、仕方ないといったふうに言った。

「田端先生、こいつを……よろしく頼む」


　光紀の手術は十日後に決まった。入院はその前日だ。

「田端先生って、優しいよね」

　光紀がいつものリュックにタオルやパジャマを詰めている。子供なのに、光紀は荷造りが上手だ。自分に何が必要かをよくわかっているのだ。

「遙先生となんとなく似てる気がする」

「幼なじみだからね。あ、幼なじみってわかる？」

光紀の入院支度を手伝うために、遙は鮎川の部屋に来ていた。光紀が用意しているリュックの他に、鮎川にボストンバッグを用意してもらい、病院からの指示で必要なものを詰めている。

「わかるよ。子供の頃からの友達ってことだね」

「よく知ってるね」

鮎川はソファに座り、光紀と遙の入院支度を見ている。

「いい性格してるよな」

コーヒーを飲みながら、鮎川が言った。

「まさか、ムンテラでけんかになるとは思わなかった」

「……すみません」

思わず、遙は謝ってしまっていた。これは半ば条件反射だ。鮎川に叱《しか》り飛ばされる時期が長かったので、つい謝ってしまう。鮎川がくいと片眉を上げた。

「おまえが認めているんだから、腕はいいんだろうが、性格はよくないな」

「……すみません」

「なんで、おまえが謝る」

鮎川は少し苛立《いらだ》った顔をしていた。

「おまえは、幼なじみだというだけで、あいつに光紀を任せる気になったんじゃないだろう？」

「……はい」

荷造りする手を止めて、遙は頷いた。

「克己……田端は優秀な小児心臓外科医です。年は僕より三つ上。先生よりも若いですが、腕は保証します。学会でも、彼を評価するものは多いです。臨床に出たのが早かったので、症例も多く持っていますし、何より、真摯《しんし》で……とても真面目《まじめ》です」

「真面目だからって、腕がいいわけじゃない」

「だから……腕は保証します」

二人の視線は微妙に合わない。光紀が顔を上げ、少し不安そうな表情をしている。

「パパ……僕がいない間、遙先生と仲良く……してね」

「別にけんかなんかしてないぞ」

鮎川が素早く言う。素早すぎるくらいの反応だった。光紀は立ち上がって、後ろから鮎川に抱きつく。

「けんかなんかしてないっての、わかってるよ。仲良くしてほしいだけ」

〝わかってて言ってるのかな……〟

遙はバスタオルをたたんで、バッグに入れる。

彼とはキスをしただけだ。そこから一歩進む前に、なんとなく気まずくなってしまった。間違いなく、遙は彼に恋をしている。彼が好きで、傍にいたくて、恋しくて。でも、愛されている自信がない。光紀の病気のことですれ違って、それから彼と触れ合っていない。こんなに傍にいるのに寂しい。寂しくて……寂しくて。

〝僕の寂しさを……光紀くんは知っているのかもしれない〟

この子も寂しい子だから。血を分けた家族に顧みられない寂しい子だから。

「ね、パパ」

「……わかってる」

少し怒ったように、鮎川が言った。

「俺より遙に言え」

「遙先生は、ちゃんとわかってるもん。ね？　遙先生」

「……そうだね」

遙は荷造りを続けた。

「大丈夫だよ。光紀くんは心配しなくていいんだよ」

「遙」

鮎川が言った。

「……おまえがいい医者だと言うなら、そうなんだろうな」

「はい……」

遙はそっと頷いた。

「光紀くんを任せられる……医者です」

「……それでいい」

ふっと、再び沈黙が落ちた時、不意に電話が鳴った。遙は驚いて、肩を揺らしてしまう。

しかし、鮎川は落ち着いていた。

「光紀、ちょっと離せ」

抱きついていた光紀の腕を外して、鮎川は立ち上がった。

「はい、鮎川……」

コードレスホンをとって、鮎川は答えた。が、その表情が凍りついた。

「先生……？」

「……今さら、なんだ」

ぞっとするほど冷たい声だった。遙ははっと顔を上げる。

〝まさか……〟

ちょこちょこと光紀が遙に駆け寄った。遙に抱きつき、耳元でそっと囁《ささや》く。

「ママだよ、きっと」

「え……っ」

「てめぇ、光紀が病気だってこと知ってたのか」

当たりのようだ。遙は光紀を膝《ひざ》の上に抱いて、鮎川の電話に耳を澄ます。

「知らないって……光紀の病気は先天性のものだぞ。気づかなかったのか？」

『知らないわよ』

玲奈の声ははっきりしていた。電話越しにもほとんど聞き取れるほどだ。

『あの子、私には弱み見せないから』

「弱みって……自分の子供に何言ってんだ、おまえ」

鮎川の声が低くなった。

「光紀はこれから全身麻酔で、心臓の手術するんだぞ」

『そう言われても、私、旅行中なのよ。今、観光で上陸してるだけ。また船に乗るから、光紀のことは和彰さんに任せるわ』

玲奈の口調は淡々と落ち着いている。

『前の旦那《だんな》が逃げちゃったから、仕方なく引き取ったけど、光紀と私、合わないのよ』

「六歳の子供に、何言ってるんだ、おまえ……っ！」

『あなたにおまえ呼ばわりされる覚えはないわ』

玲奈が笑った。

『じゃあね、パパ』

鮎川が電話を叩《たた》き切った。金色に見える瞳《ひとみ》が細められ、ギラギラと光っている。

「あの野郎……っ」

「パパ、落ち着いて」

光紀が、遙の膝の上でのほほんとした調子で言った。

「僕、ママとは合わないんだよね。ママとは血が繋がってるだけで、気が合わないんだ。僕、とっくにママ離れしちゃってるみたい」

「光紀くん……」

光紀は小さなあくびをした。

「明日入院だから、僕、もう寝るね。パパ、遙先生、おやすみなさい」

光紀は遙の膝から滑り下りて、歯を磨きに洗面所に向かう。リビングに残された遙と鮎川は、なんとなく気まずいまま黙っていた。遙は光紀の入院支度を続け、鮎川は黙ってソファに座り、コーヒーを飲む。

「先生……」

遙はボストンバッグのファスナーを閉めながら、そっと言った。

「光紀くんのお母さん……帰ってみえられないんですね……」

「……何が合わないいだ。そういう問題か」

鮎川が苦い声で言う。

「いくら大人っぽくても、光紀は六歳の子供だぞ。親が必要に決まってるじゃないか」

「……どうなんでしょう」

遙はゆっくりと言った。

「いくら血が繋がっていても、どうしても相容《あいい》れない仲ってあるんです。そういうの……たくさん見てきました。光紀くんみたいに、それをあんなに小さい頃にわかってしまう子も珍しいですが、虐待に進む前に離れた方がいいこともあるんです……」

「遙……」

「とりあえず、今は……光紀くんが元気になることを考えた方がいいと思います。僕は……あの子を不幸にしたくない」

遙はバッグを置いて立ち上がった。

「……部屋に戻ります。明日は保育園に午後から迎えに行って、入院に連れて行きます」

明日も、鮎川は手術日で抜けることができない。玄関に向かった遙を、珍しく鮎川が送りに出てきた。

「遙」

彼がそっと手を伸ばす。しかし、その長い指は遙の肩に触れるぎりぎりのところで止まり、すうっと離れていく。

「……悪いな。任せっきりで」

「いいんです」

遙は振り返らずに言った。肩が震えそうになる。彼に触れてほしい。どうして触れてくれないんだろう。しかし、自分からそれを口にすることはできなかった。彼が……自分をどう思っているかわからない。もしかしたら……触れることすら嫌なのかもしれない。ただ、光紀のためにつきあってくれているのかもしれない。そう思うと怖くて、振り返ることもできなかった。

「……おやすみなさい」

「……ああ」

二人は視線を合わせることもなく、一枚のドアに隔てられたのだった。

ACT　8

光紀の手術は予定通り、十二月十五日の午後一時から始まった。

「志穂野先生」

国立小児循環器センターの手術部には、見学室と呼ばれる部屋がある。手術室の上にあって、見下ろす形で手術が見られるのだ。もちろん、モニターもあって、手術の手元も見られる。

「どうぞ、前の方でご覧ください」

案内についてくれた医局事務のスタッフが勧めてくれるのに、遙は首を横に振って、そっとモニターを見た。

「いえ、こちらで。ありがとうございます」

田端の好意で、遙は見学室から光紀の手術を見せてもらっていた。田端は、遙を光紀の付き添いではなく、元の主治医として扱ってくれたのである。

〝うわ……ちっちゃいなぁ……〟

　大人の心臓手術を手がけている遙にとって、小児の手術は、見慣れている手技でも新鮮に映るものだった。器具も特殊で、今さらながら勉強になる。

　光紀は気丈だった。子供にしてはびっくりするくらい落ち着いていて、手術室の中まで付き添った方がいいかと思っていた遙だったが、光紀は手術室の前で、自分からバイバイと手を振った。麻酔も落ち着いて受け、今は手術の真っ最中である。小さな胸が開かれる時は痛々しい気がしたが、開創器がかかり、心臓へのアプローチが始まると冷静になれた。人工心肺への移行もスムーズでほっとする。

「欠損孔確認した。思ったよりでかいかな……」

　田端は小さなマイクをつけている。それを通して、彼は見学室にいる遙や見学の学生たちに、手術の様子を説明してくれる。

「これから０・４ミリゴアテックスパッチを当てて、欠損孔を閉鎖する」

　パッチは人工のものだ。欠損孔の周囲にＵ字縫合を置き、パッチは結節縫合で、欠損孔を閉鎖する。

〝手技は大人と変わらないけど……とにかく小さいな……〟

　糸も大人のものより細いようだ。繊細な縫合操作が続く。

「……縫合完了。左心室の空気を抜いてから、上行大動脈ベントを併用して、大動脈遮断を解除する」

田端の手技は確実なものだった。ほっそりとした手が光紀の小さな胸の中に入り、命を引き寄せる。

「#5－0プロリン」

田端が縫合糸を要求する。

「主肺動脈、右房を連続縫合する」

手術は着実に進んでいく。


予定通り、一時間半ほどで手術は終わり、光紀はぼんやりと半分眠ったような感じで、病室に戻ってきた。麻酔から覚醒《かくせい》はしているのだが、鎮静剤がまだ効いているらしい。

「……ありがとうございました」

光紀がまだ手術部の観察室にいるうちに、遙は執刀医の田端からざっと手術の説明を受け、あとは病室で待っていた。光紀が戻ってきてから少しして、田端が入ってきた。手術後でシャワーを浴び、着替えてきたらしい。

「なんだよ、保護者はいないのか？」

田端が少しきつい口調で言った。遙は微かに微笑む。

「整形は手術が詰まってるから。緊急手術が入ったから、ここに来るの遅れるって、さっき連絡があったよ」

「……この子の保護者は誰なんだ？　あの医者だろう？　患者は大事だろうが、自分の身内は大事じゃないのか？」

「ここにいても、できることはないって言ってた。まぁ……あの人なりのポリシーだね」

くすりと笑った遙に、田端は彼らしくもない渋面を作る。

「おまえ……あの医者とどういう関係なんだ？」

「え……っ」

田端はまっすぐに遙を見ていた。

「いくら同僚だって、少し面倒を見すぎだろう。光紀くんにも聞いたが、おまえ、彼らの食事の世話から、保育園の送り迎えまでしてるんだって？　確かに、隣に住んでるんだろうし、彼みたいな仕事の鬼に子供は育てられないだろうが……おまえは他人なんだぞ？」

「他人……」

遙はふっと寂しく微笑んだ。

「確かに……そうだね」

その時、田端が腕を伸ばしてきた。両手を伸ばして、遙を自分の胸の中に抱きしめる。

「克己……っ」

「おまえは……優しすぎる」

シャワーを浴びたばかりの清潔な石けんの香りがする。田端の腕の中は広くて、あたたかかった。

「克己、光紀くんが……起きるよ……」

「今でないと言えない」

田端が低く囁いてくる。

「昔から……優しすぎるおまえが好きだった。ずっと……ずっと好きだった。いや……今でも好きだ」

「克己……」

幼なじみからの意外すぎる告白だった。

「でも……おまえには可愛い彼女が似合う。俺の気持ちに巻き込んじゃいけない。だから……ずっと見つめるだけにしてきたのに……」

確かに、田端はいつも遙の傍にいてくれた。大学が別々になるまで、ずっと傍にいて、遙を守ってくれた。支えてくれた。

「遙、あいつとは……あの男とはどういう関係なんだ？　あいつが好きなのか？　俺じゃだめなのか？」

たたみかける田端に、遙はとまどう。今まで、恋をしたことがないと言ったら、それは嘘だ。クラスメイトの女の子にときめいたこともあるし、告白されて、デートにつきあったこともある。しかし、そのどれとも、田端に対する気持ちは違っていた。強いて言うなら、それは家族に対する情愛のようなものだ。そして。

「鮎川先生とは……何もないよ」

何も……と言う前に少しだけ考えた。彼とキスをした。何度も抱きしめられた。でも、そこから進めない。その思いの正体がお互いによくわからないからだ。恋なのだろう。でも、そこから進んでいいのかがわからない。だから、立ち止まり……少しだけすれ違った。こんな時に、遙はその思いの正体に気づいてしまった。こんなにも、僕はあの人が好きだ。あの人のことを四六時中考えるくらいに。そう……こうして、誰かに抱きしめられている時も、あの人のことしか考えられない。

「僕をずっと守ってきてくれた克己には感謝してる。でも……」

そう。これは恋じゃない。あの人に対する気持ちのように、どこまでも大きく膨らんでいく思いじゃない。

「ごめん……僕は克己と恋はできない。克己は……僕の家族みたいなものだから……」

遙は両手を突っ張るようにして、田端の腕から抜け出た。そっと顔を上げて見た田端は、少し傷ついた悲しげな表情をしていた。

「はっきり……言ってくれる……」

田端は苦笑しながら、軽く胸を押さえる仕草をする。

「昔の遙だったら、押せば落ちたような気がするんだけどな……」

「そう……かもしれないね」

遙はベッドに近づき、まだうとうととしている光紀を見下ろした。

「ねぇ、克己。僕はね、優しいんじゃない。僕は……弱かったんだ」

「遙……」

「弱くて……一人でいられなくて……克己に守ってもらうしかなかった。確かに……僕は克己に守られていた。とても、感謝しているよ」

田端はふうっと深いため息をついた。

「感謝か……。それ、愛に変わらない？」

「無理」

遙はくすりと笑った。

「克己は僕のお兄ちゃんだからね。お兄ちゃんと恋はできないよ」

「そっか……」

田端は軽くぽんと遙の肩を叩いた。

「なんだか……強くなったな、遙」

遙はそっと手を伸ばして、ふわふわとした光紀の髪を撫でた。

「……この子が僕を強くしてくれた。一人でやってきたこの子が……ちゃんと前を向くことを教えてくれたんだ」

一人でやってきた光紀。一人で何もかもを抱え込み、それでも笑っていた光紀。明るくこまっしゃくれて生意気で、そして、とても可愛い光紀。

「……あ……遙先生だ……」

ふと光紀が目を開けた。しばらく目を瞬いていたが、だんだん意識がしっかりしてきたらしく、少し顔をゆがめた。

「……痛いや……」

「だ、大丈夫？」

「どれ、少し麻酔を使おうか」

田端がベッドサイドに近づいた。硬膜外に入れてある細いチューブから麻酔薬を入れ、痛みを軽減させる。

「すぐ痛くなくなるからね。息は？　苦しくない？」

「……大丈夫。苦しくない」

「OK。つらくなったら、すぐに看護師さんを呼ぶんだよ」

「うん」

光紀はふうっと大きくため息をついてから、遙を見上げ、にこっと嬉《うれ》しそうに笑った。

「遙先生、ちゃんと待っててくれたんだ。手術見た？　僕の心臓見た？」

光紀には、手術の見学をすることを話していた。それをちゃんと覚えていたのだ。遙は笑いながら、頷いた。

「見たよ。元気に動いてた。田端先生がちゃんと悪いところを治してくれたから、小学校に入ったら、元気よく走れるようになるよ」

「走っても、もう苦しくならない？」

「ならないよ。保証する」

田端が答えた。

「なぁ、光紀くん。君のお兄さんは……鮎川先生なんだろう？　先生いないけど、寂しくないのか？」

「克己……っ」

「寂しくないよ」

光紀はあっさりと答えた。少しコンコンと咳《せ》き込んで、痛いや……とつぶやく。

「遙先生がいてくれればいいんだ」

「え？　だって……」

「パパはね、遙先生が大好きなんだよ」

「パパ？」

遙は慌てて説明した。

「この子、鮎川先生のことをパパだって教えられて来たんだよ。だから、今もそのまま呼んでる。鮎川先生ももう諦めたみたいで、パパって呼ばせてるんだ」

「なんだそりゃ」

「パパは遙先生が大好きなんだ。だから、僕も遙先生が好き。パパも僕も遙先生が大好き。だから、遙先生がいてくれればいいんだ」

〝だ、大好きって……鮎川先生が……？〟

「パパがそう言ったのかい？」

田端が聞いた。光紀はううんと首を横に振る。

「言わないよ。パパはそういうの下手だから。でも、見てればわかる。僕を見る時の顔と遙先生を見る時の顔、全然違うもん。パパ、笑うの上手じゃないけど、でも、遙先生を見る時は笑うよ」

一気に言って、光紀はふうっと息をついた。

「なんだか、また眠たくなってきちゃった……」

「あ、いいよ。手術の後だもんね、疲れてるんだよ」

遙は慌てて、光紀の手をふとんの中にしまった。

「光紀くんが眠るまで傍にいるからね……」

「うん……」

光紀は目を閉じると、すぐに寝息を立て始めた。顔色も悪くなく、術後の経過は今のところ良好なようだ。

〝鮎川先生が僕を……好き?〟

『パパは遙先生が大好きなんだ。だから、僕も遙先生が好き。パパも僕も遙先生が大好き。だから、遙先生がいてくれればいいんだ』

〝僕は……鮎川先生と光紀くんが大好きだよ……〟

三人で穏やかに過ごす時間が好きだった。手を伸ばせば、鮎川がいて、光紀がいて……

そんな当たり前で優しい時間が好きだ。誰が欠けてもだめだ。三人でいる……静かな時間。それはかけがえのない瞬間だった。

「二対一じゃ……分が悪い」

ぽつりとつぶやいて、田端が出ていった。と、廊下で何か鈍い音がして、しばらくしてから入ってきたのは、鮎川だった。

「あ、鮎川先生……」

「光紀は？」

鮎川の鋭い目がベッドを見る。

「手術は予定通りです。麻酔からも醒《さ》めて、今また眠りました」

遙は落ち着いて答えた。

「そうか……よかった」

急いで来たらしい鮎川は、軽く息を弾ませていた。

「廊下、走ってきたんですか？」

「そんなはずないだろ。俺は医者だぞ」

遙はふふっと笑い、手を伸ばして、光紀の髪を軽く撫でつける。

「医者といや……あの医者何なんだ？」

「あの医者?」

ベッドサイドの椅子に座り、光紀の顔をのぞき込んで、鮎川が言う。

「光紀の主治医だよ。出会い頭に腹に一発食らったぞ」

「え」

告白をやんわりとだが断られたところに、その原因が歩いてきたのだ。田端の気持ちもなんとなくわからないでもない。思わず、遙は笑ってしまう。

〝ちゃんと……笑える〟

光紀がまた勇気をくれた。彼の前で笑える勇気を。また、あの子に助けられてしまう。

〝僕も……君が大好きだよ、光紀くん〟

「……あなたが手術後にいなかったことが面白くなかったようです」

「ちゃんと来たじゃないか」

「ですね」

遙は微笑む。

「ちゃんと……来てくれた」

僕と光紀くんが待っているこの部屋に。半分下ろしたブラインドの向こうは、すでに夕暮れだった。

国立小児循環器センターは完全看護で、基本的に付き添いを認めていない。一人の子供に付き添いがつくと、他の子供も付き添ってほしがる。よほどのことがない限り、特例は認めていなかった。

「今日は……悪かったな」

光紀を病院に頼んでマンションに戻り、エレベーターに乗ったところで、鮎川がぼそりと言った。

「おまえにみんな任せてしまって」

「もともとそのつもりでしたから」

遙は落ち着いて答えた。

「仕事もそのつもりで調整してました。緊急のアンギオとかも入らなかったし」

「……俺の方に緊急手術が入っちまった」

鮎川がふうっとため息をつく。

「若い患者のアンプタは……精神的にくるな」

「アンプタでしたか」

アンプタとは四肢の切断である。

「交通事故で、もうどうにもならなかった。命を助けるためには、右足を大腿部《だいたいぶ》から切断するしかなかった」

「釈迦《しゃか》に説法とは思いますが」

エレベーターが自宅のある階に到着した。前後して降り、自分たちの部屋に歩いていく。

「いつかきっと、生きていることに感謝する日が来ると思います。生きていなければ……泣くことも笑うこともできない」

「……ああ」

珍しく、嫌みも何もなく、鮎川が素直に頷いた。

「……そうだな」

そして、自分の部屋のドアに手をかける。その手に、遙はそっと手を重ねた。鮎川が顔を上げる。

「遙……」

「ご飯、食べに来ませんか？」

遙は鮎川の淡い色の瞳を見つめた。鮎川の方から、ふっと視線をそらす。

「……今日は光紀がいない」

「あなたに食べてほしいんです」

遙は柔らかい声で言う。

「ご飯、作りますから」


休みの日にまとめて作り、冷凍しておいたロールキャベツを取り出す。レンジで解凍し、その間にロールキャベツを煮込んだスープを煮詰める。潰《つぶ》したホールトマトとブイヨンで作ったスープを煮詰め、赤ワインのビネガーを加える。

「少し待っててくださいね」

いつものようにコーヒーをいれ、鮎川は遙の近くに立った。

「へぇ……トマト味なんだな」

「スープだけであっさり煮てもいいんですけどね」

二人の間の空気感が、いつの間にか元に戻っていた。あんなにぎくしゃくしていたのが嘘のように、二人は肩が触れ合うような距離にいた。

「少し時間かけていいですか？」

「うまいもん食わせてもらえるんならな」

「それは保証します」

遙はくすりと笑った。解凍したロールキャベツをココットに並べ、煮詰めたスープをかけるとあたためておいたオーブンに入れた。

「ロールキャベツを焼くのか？」

「ちょっと一手間です。それと……」

朝に作って、冷蔵庫で冷やしておいたパプリカのサラダを出し、アスパラガスをスライスしてさっと炒《いた》める。スープはチキンブイヨンを溶かして作り、作り置きのクルトンを浮かべる。

「簡単ですみません。でも、味は保証します」

香ばしい匂《にお》いがして、ロールキャベツが焼き上がった。タイマーで炊いておいたご飯を盛って、食卓が整った。

「相変わらず、いい手際だな」

「あなたに褒められると、なんだか怖い気がするのはどうしてでしょうね」

「……一言よけいだ」

すいとカップを持ったまま、鮎川は離れていった。向かい合ってテーブルにつき、食事を始める。

「へぇ……ロールキャベツを焼くって意外だったが、結構うまいな」

「一人だとなかなか食べきれないので、スープ煮に飽きた時にやってみたんです」

「光紀が喜びそうだ」

何気なく言って、すっと鮎川の手が止まった。

「光紀……病院だと一人で飯食うんだよな……」

「え？」

パプリカのサラダを食べていた遙は顔を上げて、鮎川を見る。鮎川はぽつりと言った。

「あいつには……そういう思いをさせたくなかったんだが」

「どういうことですか？」

あたたかいスープを飲み、鮎川はほっと息をついた。

「……もしかしたら、すでに光紀はそういう生活をしていたのかもしれないがな。だから、これは俺の独りよがりかもしれないが」

「一人でご飯を食べるってことですか？」

「ああ」

フレンチっぽい献立だが、ご飯が茶碗に盛ってあるあたりが、家庭料理である。

「おまえのうちは寺だって言ってたが、何世代だ？」

「え、ええ……一番多かった時は四世代でした。曾祖父母《そうそふぼ》と祖父母と両親、僕たち兄弟。あ、僕には兄と姉がいます。今、実家は兄が継ぐことになっています。姉は神社に嫁ぎました。他に、修行僧のお兄さんたちもいましたし……常に十人以上が家にいましたね」

「俺んちは核家族なんだよ。しかも、俺は一人息子だ」

せっせと箸を動かしながら、鮎川が言う。

「親父《おやじ》はいくつか会社を経営していたんだが、仕事だなんだと言って、ろくに家に帰ってこなかったし、母親はパーティだボランティアだと、やはり家に居つかなかった。食事は通いの家政婦さんが作ってくれていたが、食べる時はいつも一人だ。俺は食事ってのは、そういうものだと思っていたな」

「母親って……」

「あ、ああ……玲奈は前にも言った通り、親父の再婚相手だ。両親は俺が高校に入った年に離婚して、俺も一人暮らしを始めたから、それから両親にはほとんど会っていない」

時間は午後九時過ぎだ。二人ともおなかが空《す》いていたので、食事のペースは早い。あっという間に食べ終わって、食後のコーヒーは鮎川がいれてくれた。といっても、もちろんインスタントである。

「……少し苦い」

「じゃあ、牛乳でも入れろ」

鮎川はふんと鼻を鳴らした。遙は少し考えてから、眠れなくなると困ると思いながらも、そのままコーヒーを飲んだ。

「……僕は先生とは逆に、ほとんど一人で食事をしたことがありませんでした。医者になって、一人暮らしをここで始めるまで」

「ここに来るまで、一人暮らししていなかったのか？」

「はい。大学も自宅から通っていましたし、研修医の頃は、ちょうど寮のある病院ばかりだったので」

遙の答えに、鮎川はまたふんと鼻を鳴らした。

「とんでもない甘やかされ方だな」

「ええ、正直そう思います。たいていは大学に入った段階くらいで、一人暮らしするもんなんですよね。でも、僕は大家族に慣れてしまっていたので、一人暮らししたいとも思わなかったし……」

そういえば、休みの日にクッキーも焼いたんだっけと、棚にしまってあった缶から出してくる。

「明日、このクッキー、光紀くんに持っていきますね。オートミールのクッキー、光紀くん好きだから」

「へぇ……あまり甘くないんだな」

「ええ。光紀くん、好みが意外と大人なんですよね。甘いケーキとかも食べるけど、紅茶のクッキーとかの大人向けのものも好きだし」

何気なく光紀の名前を呼んで、遙はふと言った。

「……光紀くんは……先生の家族なんですね」

「あ？」

「一緒に暮らして、一緒にご飯食べて……先生の初めての家族なんですね……」

遙は優しい笑みを浮かべていた。この人がたまらなく愛《いと》しいと思った。寂しい魂を強がりの中に隠したこの人が愛しくてたまらない。

「遙」

すいと鮎川が立ち上がった。テーブルを回って、遙の後ろに立ち、そっと後ろから抱きしめてくる。

「先生……」

「遙、おまえも家族だ」

いつも強い言葉を紡ぐ唇が恐れるように首筋に触れてくる。

「おまえも……俺の家族だ。いや……家族になれ」

「家族……」

きっと鮎川にとって、家族は恋人よりも神聖で、憧《あこが》れるものなのだろう。彼らしい愛の告白に、遙は微笑んでしまう。

「あ、ああ……おまえには家族が……」

「先生」

遙は自分の胸の前で組み合わされた彼の手に、手を重ねた。彼の手は外科の医師らしい指の長い大きな手だ。

「家族は……一つでなくてはいけませんか？」

「遙……」

「僕の家族と……あなたと光紀くんと……二つの家族があってはいけませんか？」

遙はふっと顔を上げ、鮎川を見つめた。遙の黒い瞳に、鮎川の淡い色の瞳が重なる。彼は唇を片端だけ上げて、彼らしい笑みを浮かべた。

「いや……悪くない」

首筋へのキスが熱くなる。微かに痛みを感じるほどのキス。目を閉じて、彼の吐息と唇の感触を楽しむ。耳の下にちくりと小さな痛み。そのまま抱き上げるような感じで立ち上がらされ、深く抱きしめられた。

「もう……怒ってないな……？」

「怒る……？」

唇にふわりと甘いキス。

「何を……怒るんですか？」

「おまえ、怒ってたんじゃないのか？　俺が……光紀の病気に気づかなかったから」

「そんなこと……」

遙は両手を伸ばして、鮎川の髪を引き寄せた。

「僕の方こそ……先生が怒ってると思ってた。僕が……」

鮎川がふっと笑った。

「馬鹿だな」

こつんと額を軽くぶつけて、鮎川が言う。

「俺が怒ってたら、おまえを避けたりすると思うか？　おまえをいじめる格好の理由じゃないか」

「……」

交す唇。唇を吐息を、舌先を絡め合って、深いキスを幾度も交す。うまく息が継げなくて、遙の頭がぼうっとしてくる。

「……デザートはもういいか？」

唇に触れる言葉。

「俺に……デザートをくれ」


遙のベッドはシングルの小さなものだ。小柄な遙には十分な広さだったが、長身の鮎川には狭すぎるようだった。

「転がり落ちるなよ」

遙をベッドに寝かせて、その隣に座り、軽く遙の顔の横に手をついて、鮎川が囁いた。

真上から淡い瞳に見下ろされて、遙は思わず視線をそらしてしまう。

「こんな状態で……転がり落ちるはずがありません……」

「……そうだな」

彼の器用な指が遙のシャツのボタンを下から外していく。アンダーシャツをするっとまくり上げて、素肌に触れる。

「柔らかい肌だな」

意外なくらいすべすべと滑らかな手のひらが、胸から脇腹の方へ滑っていく。

「色も……白い」

「……あんまり見ないでください……」

「明かりを消すのがもったいないな」

少し意地悪な口調で言って、彼は遙の胸に軽く顔を伏せた。まだ柔らかいピンク色の乳首に軽く歯を立てる。

「あ……っ」

白い肌がふわっと桜色になる。思わず腰を浮かせてしまうと、するりとチノパンと下着を下ろされた。

「……慣れてるんですね……」

あまりに手際よく裸にされて、遙は恥ずかしさのあまり涙を浮かべながら言った。

「その上目遣い……男殺しだな」

自分もセーターを脱ぎながら、彼が笑う。どきんとするくらい格好良く、男っぽい笑みだ。

「俺も……殺されそうだ」

ベッドに入ってきた彼に抱きしめられた。柔らかい体温にくるまれて、遙は目を閉じる。

素肌のあたたかさが気持ちいい。

「僕だけ……ですか？」

キスの合間に、そっと囁く。

「こうして……抱くのは、僕だけ……ですか？」

「他に誰がいる？」

飽くことのないキス。こんなにキスが甘くて、気持ちいいなんて、誰も教えてくれなかった。誰かの優しい手に肌を撫でられることが気持ちいいなんて、誰も。

「おまえだけだ。他の誰も……抱いたりしない」

意地悪な言葉ばかりを吐いてきた声が、甘い言葉を囁く。

「おまえの身体……きれいだな。すべすべで柔らかくて……あったかい」

「あ……っ」

彼の器用な指が軽く乳首を弾《はじ》いた。胸に顔を近づけ、舌先で甘く乳首をなぶりながら、細い腰を引き寄せ、滑らかな腹からその下に続く柔らかい草むらに手を滑り込ませてくる。

「……だめ……です……っ」

自分でもあまり触れたことのないところに、彼が容赦なく手を入れてくる。まだ実りきっていない未熟な果実をもぎ取るように手で包んだ。

「……可愛いな。果汁たっぷりだ……」

「あ……あ……っ」

恥ずかしい声を上げてしまう。自分で自分の上げた色めいた声に驚いて、両手で口を覆う。

「……誰も聞いちゃいない」

彼がしたたるように甘い声で、軽く耳たぶをかんで囁いた。

「俺以外、誰も聞いちゃいない。思いっきり……乱れろ」

彼の声は媚薬《びやく》だ。その囁き混じりの声に操られて、遙の固い身体が柔らかく花開いていく。

「あ……ああ……ん……っ」

滑らかな丸みを優しく撫で、時にきつく揉《も》みしだきながら、彼が手の中の遙を育てていく。

「……ああ……濡《ぬ》れてきたな」

耳元で彼が囁く。

「大きくなって……濡れてきた……」

「言わないで……っ」

「どうして……恥ずかしくないだろう？　触ってるのは……俺だ」

彼の手から逃れたいのに、細い腰を強く引き寄せられていて、逃れることができない。

「……気持ちいいだろう……？　こんなに……固くなってる……」

「……あ……っ！」

きつめに揺すられて、声が出る。恥ずかしくて仕方ないのに、身体は彼に翻弄《ほんろう》されて、情欲を滲《にじ》ませる。

「一度、いかせてやるよ。その方が……楽になる」

「や……やめ……て……っ！　あ……っ！　ああ……ん……っ！」

彼の唇が耳の下をきつく吸い上げる。きゅっと引き締まったカーブを強く弱く揉みしだきながら、手の中の果実を強めに愛撫《あいぶ》する。頭の中が真っ白になって、何も考えられない。恥ずかしいとか、こんなことをされてとか……そんなことはどうでもいい。ただ、彼に追い上げられて、声を振り絞る。

「あ、あ……ああ……っ！」

自分でも驚くような高い声で叫び、彼の腕の中できゅんと身体をしならせる。ふるふると小さく痙攣《けいれん》しながら、彼の胸に倒れ込んだ。

「……おまえだけ、気持ちいいのはずるいな」

汗に濡れた髪を撫でながら、彼が少し意地悪な調子で囁く。

「え……？」

「俺も……気持ちよくなりたい」

ふわりとベッドに沈められる。

「……おまえが色っぽいのが悪い」

「え……なに……？」

「色気なんかないやつだと思ってたが、とんでもないな……」

彼の手が遙の内股《うちまた》に滑り込んだ。まだ少し意識が飛んでいる状態では抵抗もできない。恥ずかしいと思う間もなく、両足が広げられた。彼がその間に身体を沈めてきて、逃げることもできない。

「あらかじめ言っておく。俺をここまで煽《あお》った……おまえが悪い」

「煽ってなんか……あ……っ」

彼の指が、遙のきれいに閉じたつぼみに触れてきた。少し強引な仕草で、そこを暴いてくる。

「あ……ん……ん……っ」

「……もっと声出していい。うんと声を上げた方が……たぶん楽だ」

「あ……ああ……っ！　だ……だめ……そんな……っ」

「だから……煽るなと言ってるだろう……？　どうして、そんなに甘い声を出す……」

「甘い声……なんて……っ。あ……い、いや……だめ……っ」

彼を押しのけようとしても、身体に力が入らない。両足を大きく広げられ、腰を抱え上げられる。彼に愛される形に身体がたわめられていく。

「……思いっきり叫んでいいぞ」

耳たぶをきつくかんで、彼が言う。

「俺が……聞いててやる」

「あ……ああ……っ！　い、いやぁ……っ！」

溶け落ちそうに熱いものが身体の中に食い込んできた。拒めない。怖いのに。痛いのに。拒めない。彼に犯されてしまう。心も身体も、彼のものになってしまう。

「い、いや……だめ……だめ……っ」

「どうして……こんなに誘い込んでるくせに……」

「あ……熱い……すごく……熱い……っ」

彼の背中に腕を回し、必死にしがみつく。きつく揺すられて、置いていかれそうだ。

「熱くて……すご……い……っ」

激しく揺さぶられて、悲鳴のようなあえぎ声が洩《も》れる。

「あ……あ……あ……っ！　や……そ、そこ……っ、いや……だめ……ぇ……っ」

「だめじゃないだろ……いいんだろ……」

「……いっちゃ……う……っ」

もう何も考えられない。ただ、身体が感じたことを叫ぶ。

「もう……だめ……がまん……できな……っ」

きゅんと身体をしなやかにしならせて、彼を抱きしめたまま大きくのけぞる。

「あ、ああ……っ！　だめぇ……っ！」

毛布が滑り落ちて、一つに絡み合う二人の身体があらわになる。空気を震わせていた激しい動きが不意に止まり、二人はそのままベッドに崩れ落ちた。

ACT 9

遙は真面目な顔をして、スポンジケーキに白いクリームを塗っていた。その横で、昨日退院してきたばかりの光紀が、やはり真面目な顔をして、遙の手の動きを見ている。

「……OK」

ふっくらおいしく焼き上がったスポンジケーキに、きれいにクリームが塗られた。

「光紀くん、いちごのっけていいよ」

「わーい！」

心臓の手術を終えて、光紀は無事退院してきた。少し早めではあるのだが、心臓外科医である遙がついているということで、主治医の田端が許可を出したのだ。かくして、光紀はクリスマスに間に合って、遙と一緒にケーキを作っているのである。

「いっぱいのせていい？」

「好きなだけ」

「やったーっ」

遙の家のキッチンである。鮎川はダイニングの椅子に座って、コーヒーを飲みながら、二人を眺めている。

「おまえ、それ全部のせるつもりか？」

一パック分のいちごを次々にケーキにのせている光紀に、鮎川が呆れたように言った。

「切りにくいだろうが」

ケーキはホールである。

「切りにくかったら、いったん下ろして、食べる時にまたのせればいいんですよ」

遙が笑いながら言った。

「インスタ映えするようにデコレーションするのが今時です」

食事は近くのイタリアンで済ませていた。退院した光紀がスパゲティを食べたいと言ったからだ。近所のカジュアルイタリアンのトマトパスタが、光紀のお気に入りなのである。

「あ、光紀くん、上手」

「えへへ」

光紀は器用にいちごを並べていた。誰に似たのか、光紀は手先が器用だ。小さい子供にしては、細かい作業が得意で、箸やフォークも上手に使う。ファミレスでないレストランに連れて行けるのも、光紀が上手にフォークを使って、一人でパスタを食べられるからである。

「パパ、写真撮って」

「はいはい」

鮎川がめんどくさそうに立ち上がり、ご満悦の光紀と微笑む遙、見事にできあがったケーキを一緒にカメラに収めてくれた。

光紀はすっかり元気になっていた。手術から数日は背中を痛がり、遙と鮎川が交代でできるだけ付き添っていたが、そこが過ぎると、いつもの元気を取り戻し、リハビリも順調に進んだ。まだ薬は手放せないが、入学の頃には運動もできるようになるだろうとは、田端の弁である。

『しかし、聞き分けのいい子だな』

手術の後、背中の痛みでぐずる子が多いのだと田端は言っていた。しかし、光紀は痛いとは言うものの、理不尽にぐずったりせず、静かに過ごしていた。心配で、遙と鮎川が付き添ったが、光紀はわがままを言うこともなく、付き添いが拍子抜けするくらいだった。

「ちょっと……複雑な育ちをしている子でね」

遙はそれだけ言った。心臓の手術だというのに、同意書のサインが兄である鮎川で、母親も父親も一度も顔を出さないということで、田端もなんとなく察したらしい。

『ま、俺は手術するだけだから。フォローはおまえに任せるよ』

遙と鮎川は相談して勤務を調整し、ここ三日間はどちらかが光紀を見ることにして、保育園はまだ休ませていた。病院の保育園は病児保育をしていることから、年末年始も休まない。クリスマスの後は少し預かってもらい、遙と鮎川はいつも通りの年末年始の勤務をすることにしていた。

「よし、写真も撮ったし、食べるか」

ダイニングテーブルには、可愛い小さなクリスマスツリー。ＬＥＤできらきらと輝く、手のひらに載りそうなクリスマスツリーは、遙が買ってきたものだ。光紀が退院できるかどうかわからなかったので、大きなツリーはまだ買わなかった。

〝来年は……ツリーも買おうかな〟

「このまま切れそうだね。光紀くん、上手にいちご並べたね」

遙はコップにお湯を入れてナイフを差し込み、あたためてからケーキを切り分けた。中は三段になっていて、いちごと缶詰の桃、みかんと生クリームがたっぷり挟んである。

「いただきまぁす」

大きな一切れを光紀が大喜びで食べ始めた。そんな光紀を遙と鮎川は笑顔で眺め、ふと視線が合った。

〝よかったね〟

〝ああ〟

光紀が無事でよかった。こうして幸せな時を迎えられてよかった。

「そういえば光紀くん、クリスマスプレゼント、何がいい？」

遙がケーキを食べながら、さりげなく尋ねた。サンタからのプレゼントは用意していたが、自分たちからのプレゼントは光紀がほしいものをプレゼントしたいと、希望を聞くことにしたのだ。光紀は少し考えてから、あっという顔をした。

「遙先生、パパ、僕ランドセルがほしい」

「え」

「あ」

遙と鮎川は顔を見合わせた。

「光紀くん、買ってもらってなかったの？」

「てか、もう買うのか？」

このあたりは、子供のことをよく知っている遙と子供のことをまったく知らない鮎川の認識の相違だった。

「ランドセルなんて、来年の春だろ？」

「ランドセル商戦は、夏には決着がつくんですよ」

遙は困った顔になって言った。

「光紀くん、冬の前に来たから、もう買ってもらってると思ってた。いいの、あるかなぁ……」

「パパと遙先生が買ってくれるなら、僕、どれでもいいよ」

光紀はもぐもぐとケーキを食べている。

「ランドセルなんて、どれでも一緒だもん。僕はパパと遙先生が買ってくれるのがほしいんだ」

「おまえ、可愛いんだか、可愛くないんだか、よくわかんないな」

鮎川が言った。

「明日にでも、見に行くか。全然売ってないことはないだろう」

「そうですね。可愛いのがあるといいんですけど」

外は雪が降り始めた。今年はホワイトクリスマスになりそうだ。

後ろからきつく抱きしめられて、息が止まりそうになる。彼が遙に体重をかけてしまわないように気を遣ってくれて、するりとベッドの上に滑り下りた。

「……おまえ、バック嫌いだよな」

彼が苦笑交じりに言った。背中を向けたままの遙を背中から抱きしめて、首筋にキスをする。

「……別に……嫌いじゃないですけど……」

少し息を弾ませて、遙は答える。

鮎川のベッドである。光紀は隣の部屋で、すうすうと寝息を立てている。

光紀が退院してきてから、遙と鮎川の逢瀬《おうせ》は、光紀が眠ってから、鮎川のベッドで営まれるようになった。光紀は、以前と同じように一人で寝るが、やはり離れることは心配だった。というわけで、光紀が眠った頃を見計らって、遙がそっと忍んでくるのである。

「声が……」

遙は胸の前で結ばれた鮎川の手に手を重ねた。

「声が……出そうになっちゃうから……」

光紀が隣に寝ている状態では、初めての時のように叫ぶことはできない。それどころか、声を出すことさえためらってしまう。光紀は寝つきのいい子だが、不意に起きないとも限らない。さすがに二人の営みを見せるわけにはいかない。かといって、遙の部屋で愛し合うのには抵抗がある。光紀の傍を離れたくない。となると、あとは声を殺して愛し合うしかない。

「……わざと、僕が声を出すようにしているでしょう……」

後ろから突かれると、なぜかダイレクトに振動が伝わってきて、叫びそうになる。その上、彼が遙の感じやすい乳首や首筋、背中をしつこく愛撫してくる。愛されている間中、遙は涙目で枕《まくら》をかむ羽目に陥る。今日などは、口の中に指を含まされて、彼の美しい指をかむわけにもいかず、本当に泣いてしまった。

「それは、バックの方が感じるってことか？」

言葉責めは鮎川の十八番《おはこ》だ。耳たぶを吐息で愛撫しながら、甘ったるい声で囁いてくる。

「後ろの方が気持ちいいんだろう？　いくのが早いもんな」

「……知りません……っ」

彼が後ろからそっと指先で乳首を摘《つ》まんだ。

「あ……ん……っ」

「まだコリコリのままだな。ここは……？」

「……っ」

後ろからしっとりと湿った草むらの中に手を入れられる。

「まだ……出し切れてないみたいだな。もう一、二回いけそうだ」

「……っ！」

彼が不意に体位を変えてきた。怖いような力で遙を抱き上げ、仰向けになった自分の上に座らせる。

「何……」

「俺に好きにされるのが嫌なら……おまえが好きにすればいい」

「え……」

遙のウエストに手を回し、両手で抱え上げる。そして、大きく足を開かせて、自分の上に跨《また》がらせた。

「ちょっと待っ……」

「俺の上に乗って、好きに腰を振ればいい」

偽悪的な言い方をして、彼がふっと色めいた笑みを浮かべる。

「俺を翻弄して……いかせてみろよ……」

「そんなこと……っ」

「……あそこがほしがって、ヒクヒクしてるだろ？　まだ足りないんだろ？」

もしかして、自分にはMっ気があるのかもしれないと思う。こんなふうに言葉責めされると、ひどいと思いながらも、身体がうずいてくる。両手を彼の肩の上について、腰を上げる。彼がにやりとして、遙の腰を掴んだ。そのまま、自分の楔《くさび》の上に導き、ゆっくりと腰を沈めさせる。

「あ……っ」

高い声が出そうになって、慌てて声を抑える。

「う……ん……っ」

大きく開いた身体の中に、彼が入ってくる。ぐんっと腰を沈められて、のけぞってしまった。

「ん……っ」

自分の指を口に入れて、きつくかむ。下からぐんぐんと突き上げられて、身体が揺れる。

〝そんなに……きつく……しないで……っ〟

涙がぷくりと盛り上がり、頰に滑り落ちた。

「泣くほど……いいのか……」

彼に揺さぶられながら、遙は首を横に振る。でも、身体は慣れ始めている。彼の動きに合わせて、激しく上下に揺れている。膝の力で、自分の身体をコントロールして、強い快感に自分を導く。

「……こんなに洩らして……」

彼の指が、遙の実りきって蜜《みつ》を垂らす果実をゆるりと撫でる。その刺激だけでいきそうになる。

「ん……ん……っ」

必死に指をかんで、声を抑える。声を出せない分、なぜか逆に興奮が募って、感じて仕方がない。

あなたに溺《おぼ》れる。たまらない快楽の海に堕《お》ちていく。もう……僕は逃げられない。


心臓の検査に、カテーテルはつきものだ。遙は息を詰めて、指先の感覚に集中していた。

長さ一メートルにも及ぶ細いカテーテルが、心臓外科医の商売道具だ。それを鼠径部《そけいぶ》の
「……入った」

大腿動脈から入れ、心臓に進めていく。カテーテルを入れる部位は他に、肘動脈《ちゅうどうみゃく》、橈骨《とうこつ》動脈があるが、今日は大腿動脈を選択していた。カテーテルを心臓まで進め、冠動脈の入り口に引っかける。

「相変わらず、早いねぇ」

一緒に検査に入っている循環器の医師が半ば呆れたように言う。

「志穂野先生、カテーテルの先に目がついてるんじゃない？」

「そんなはずないでしょう」

遙は手先が器用だ。それは初期研修医だった時からずっと言われていた。脳神経外科と心臓外科と専攻を迷ったが、結局、心臓外科にたどり着いた。そのおかげで、心臓の先天性疾患である心室中隔欠損症を患っていた光紀の面倒を見ることができたのだから、遙の選択は正しかったのだろう。今となってはそう思う。

「造影します」

さっと軽く造影剤を流して、カテーテルの位置を確認する。

「ＰＣＩまで行けそう？」

循環器の医師が聞いてくる。遙は少し首を傾げてから、軽く頷いた。

「……行きます。心エコーで見た通り、閉塞《へいそく》が結構進んでますね」

遙の動体視力は優れている。一回さっと造影剤を流しただけで、だいたいの閉塞部位は見切ってしまった。

「ロータブレータ、用意しておいてください」

ロータブレータは、カテーテルの先端に小さなダイヤモンドの粒を装着した丸い金属をつけたもので、非常に高速に回転させることで固いものを削ることができる。冠動脈の中が非常に固いもの、石灰化で詰まっていて、バルーン療法だけでは拡張できない場合に使用する。

「じゃ、まず造影します」


ＰＣＩを終えた遙が、放射線科でカルテの記載をしていると、電話を取った技師が受話器を差し出してきた。

「志穂野先生、お電話です。外線です」

「外線？」

カルテを書き終えて、遙はきょとんと技師を見上げた。

「ありがとう……」

そして、受話器を受け取る。

「はい、志穂野です」

『俺だ』

電話の向こうは鮎川だった。

『……終わったか？』

「はい」

夕食の支度をしていたところで、遙は呼出を受けたのだ。そのまま、緊急の心カテに入り、今は午後八時過ぎである。

「もうじき帰れますけど」

『……できるだけ、早く帰ってきてくれ。ちょっと面倒なことになっている』

「はい？」

遙が返事をする間もなく、電話は切れた。

時はすでに三月。桜のつぼみも膨らんだあたたかな夜だった。


仕事を終えた遙が着替えるのもそこそこに帰ると、ドアの開く音を聞いたらしい光紀がトコトコと駆け寄ってきた。

「光紀くん、どうしたの。こんな時間まで」

保育園児の光紀は早寝だ。八時には寝る支度を始める。その光紀がまだ普段着のままでいる。

「遙先生……パパが来てって言ってる」

「う、うん。何があったの？」

光紀の元気がない。いつもなら、弾けるような笑顔で駆け寄ってくるはずなのに。

「いいから来て。早く」

袖をぐいぐいと引っ張られて、遙は自宅の隣にある鮎川の部屋に連れ込まれた。

「え……」

玄関に見慣れない赤いハイヒールがあった。

「光紀くん、誰か来てるの？」

こそこそと聞く。光紀がこっくり頷いた。

〝昔の……彼女とか？〟

鮎川はもてそうなタイプだ。身体の関係も含めて、すでに四カ月ほどつきあっているが、今でも、彼が自分を愛してくれていることが不思議な遙である。

「……ママが来てる」

「……ママ？」

一瞬、反応が遅れてしまった。鮎川をずっとパパと認識してきたので、ママと言われて、一瞬誰のことかわからなかったのだ。

「光紀くんの……ママ？」

間抜けな風情で聞いてしまう。光紀が緊張した顔でこっくり頷いた。

「僕を……連れてくって」

「え」

光紀の母、玲奈は今日の今日まで、何も言ってきていなかった。光紀の命に関わる手術もスルーした母親である。世界一周クルーズに出かけていたため、こちらからなかなか連絡も取れず、また連絡をする気もなく、鮎川は光紀の住民票を移し、近くの小学校に入学を決めていた。あと二週間もすれば、光紀は小学生になるのだ。

「連れてくって……どういうこと？」

「遙」

遙の声が聞こえたのだろう。鮎川がリビングから声をかけてくる。

「来てくれ」

「は、はい……」

遙は光紀の手を引いて、リビングに入った。光紀の手はひんやりと冷たくなっている。

よほど緊張しているのだろう。

「失礼します」

リビングに入ると、ソファに座っている女性の姿が見えた。

〝この人が……光紀くんの母親……〟

鮎川より若いとは聞いていたが、びっくりするような若さだ。いったいいくつで光紀を生んだのだろう。美人というよりファニーフェイスで、可愛らしい感じがするため、いっそう若く見える。学生と言っても通りそうだ。ふわっとしたスカートのワンピースにカーディガンを羽織った彼女は、にこにこと可愛らしい顔をしていて、少し光紀に似ている。

「和彰さん、こちらは？」

声優のような、いわゆるアニメ声だ。遙はぺこりと頭を下げた。

「初めまして。隣に住んでいる志穂野です。鮎川先生とは病院でも同僚です」

「え？　お医者さんなの？　学生かと思っちゃった」

「失礼なやつだな」

鮎川がそっけなく言った。

「遙、こいつが光紀の無責任な母親だ」

「無責任はひどいなぁ。仕方ないじゃない。じじいが子供に世界一周なんて贅沢《ぜいたく》だってぬかすんだもの」

言葉遣いがひどい。

〝よく光紀くん、ちゃんとした言葉で話せるよなぁ〟

光紀は六歳にしては語彙《ごい》が豊富で、丁寧語も使える。この母親に育てられて、よくまともに育ったものである。

「それで、今日帰ってきたわけ。その足でここに迎えに来たんだから、全然無責任じゃないでしょう？」

「無責任だろうが。光紀が心臓の手術するって言っても、帰ってもこなかったくせに」

鮎川が低い声で言った。しかし、玲奈はころころと笑うだけだ。

「仕方ないじゃん。じじいが一人じゃ旅行なんてできないって言うしさぁ。光紀には和彰さんがついてたじゃない。でも、じじいには私しかいないし」

「親父は一人でほっといても、当分死にゃしない」

鮎川が吐き捨てるように言った。

「殺しても死にゃしないよ。あんたにとっては残念かもしれないが」

「ひどいこと言うわねぇ」

言葉と裏腹に、玲奈は笑っている。

「確かに、財産も魅力あるけどさ、じじいのことはそれなりに好きだよ。私の好きにさせてくれるし、光紀のこともそれなりに可愛がってくれるし」

「それなりって……なんですか」

思わず、遙は言葉を挟んでいた。

「子供は無条件に可愛がられなければならないと思います。子供にそれなりなんて通用しない。子供は……全身で愛されなければならないんです」

「こちら、小児科の先生？」

玲奈がうさんくさそうな顔になる。可愛らしい顔なのに、驚くほど醜く見えた。

「無条件に可愛がられなければならないとか、全身で愛されなければならないとか。何寝言言ってんの？」

遙の表情が凍りついた。光紀がそっとしがみついてくる。無意識に光紀を引き寄せて、遙は言った。

「僕の言ってること、間違ってますか？　子供は無条件に親を愛します。虐待される子供だって、最後まで親をかばい、愛する。だから、親は……大人は子供を愛さなければならないんです。愛を……返してあげなければならない」

「なんで、私、責められてるわけ？」

玲奈が不機嫌に言った。

「医者だか保育士だか知らないけど、光紀が何を考えようが、その子を産んだのは私なの。

私がいなきゃ、光紀はこの世に存在してなかったのよ」

そして、玲奈は立ち上がった。

「とにかく、今まで面倒見てくれてご苦労様。光紀は連れて帰るから」

「なんでだ？」

鮎川が凶悪なほど不機嫌な顔で言う。

「おまえ、光紀とは合わないとか言ってただろ。合わない子供なら、別に引き取る必要もないだろ」

「私は別にいらないんだけど、じじいがね。こんな生意気なガキでも、家に寄りつきもしない実の息子のあんたよりましだって言って、傍に置きたがってんの。今から教育すれば、今度こそ跡継ぎになってくれるかもしれないって」

鮎川は一人息子だと言っていた。その彼が、会社をいくつも経営している親の後を継がない。確かに跡継ぎはほしいかもしれない。

〝でも……っ〟

こんなひどい言い方をされる場所に、光紀を帰すことなどできるはずもない。光紀はもう、鮎川と遙の子供だった。たった数カ月しか一緒にいなくても、かけがえのない大切な子供だった。

「僕、じいじのところには行かないから」

睨《にら》み合う大人たちの間に凛《りん》と響いたのは、光紀の澄んだ声だった。

「僕はパパと遙先生のところにいる。じいじのところには行かない」

そして、遙を見上げた。

「そうだよね？　遙先生」

「……そうだよ」

やっと遙は言った。胸が痛くて仕方がない。こんな小さな子供を傷つけることしかできない自分たちがふがいなくて、涙が出そうだった。

「光紀くんはここにいればいいんだよ。どこにも行かなくていい」

「だから、あんた何者？　何、人の家庭の事情に踏み込んでるわけ？」

そして、玲奈は光紀に近づいた。

「光紀、帰るよ」

「帰らない……てか、行かないっ！」

光紀が叫んだ。

「僕が帰るところはここだもんっ！　ママのところじゃないもんっ！」

「光紀！」

「僕のパパはパパだもんっ！　ママは遙先生だもんっ！　じいじなんていらないもんっ！」

ゆらりと鮎川が立ち上がった。背が高いだけに圧迫感があり、さしもの玲奈も息をのむ。

「帰れ、玲奈」

鮎川が言った。

「親父なんざどうでもいいから、あんたに任せる。煮るなと焼くなと自由にしてくれ。財産なんざ全部くれてやる。しかし、光紀は渡せない。こいつがあんたを選ばない以上、あんたには渡せない。こいつは俺が育てる」

「独身男が、どうやって一人で子供を育てるって言うの？　あんまり子育てを馬鹿にしてほしくないね」

「一人じゃないさ」

「一人じゃないもんっ！」

鮎川と光紀が同時に言った。

「俺には、ちゃんと光紀を一緒に育ててくれるパートナーがいる。光紀も慕っているし、誰よりも光紀を大事にしてくれる」

鮎川が大股《おおまた》に部屋を横切った。光紀をかばったままだった遙の肩に腕を回し、ぎゅっと抱きしめる。

「え……っ」

「老い先短いじじいはくれてやる。だが、光紀は渡さない。とっとと帰れっ！」

「帰れっ！」

また同時に叫んで、鮎川と光紀は玲奈を睨みつけた。

いったいどうやって玲奈が帰ったのか、遙は知らなかった。鮎川から言われたことが、あまりに衝撃的すぎて、意識が飛んでしまったのだ。気がついた時には、玲奈は姿を消しており、遙は鮎川と光紀に両脇を支えられていた。

「……何が起こったんですか？」

そう尋ねた遙に、鮎川がふんと鼻を鳴らした。

「鬼婆を追い出しただけだ」

「パパ、古いなー」

光紀が生意気に言った。

「そんなの、絵本の中だけだよ」

「うるせぇ」

軽く光紀の頭をはたく。遙ははっと我に返った。

「い、いいんですか？　あんな……大見得切っちゃって……」

「児相でもなんでも駆け込みゃいいさ。こっちこそネグレクトで告発してやる。おまえの幼なじみも証言してくれるだろうしな」

鮎川が吐き捨てた。

「しかし、親父と話はつけておいた方がいいかもしれんな。あの因業じじい、光紀を誘拐しかねんから」

「え……っ」

「大丈夫だよ」

光紀がけろりと言った。

「じいじ、僕になんて興味ないよ。きっと、船の中で孫の話とかいっぱい聞いて、その気になってるだけだから。すぐに僕のことなんて忘れるから」

「光紀くん……」

「だから」

光紀はにっこりと全開の笑顔で笑った。

「僕、ここに居座るからね。パパと……ママのところに」

すべすべの小さな手を遙の手に滑り込ませて、光紀は言った。

「ね？　いいよね、遙先生っ！」

「ぼ、僕はいいけど……」

遙は鮎川を見上げた。

「僕で……いいんですか？」

「あ？」

「だから……」

遙はうつむいてしまう。

「僕で……本当にいいんですか？」

彼はパートナーと言ってくれた。一緒に光紀を育てるパートナーだと。衝撃の告白をしたのは彼のはずなのに、なぜか遙の方が緊張している。彼はふっと肩をすくめた。

「他に誰がいる？　わがままでドSな男とくそ小生意気なガキとつきあってくれる奇特な御仁が」

「あ、ドSっていう認識はあるんだ……」

「遙」

「あ……」

また呆れた顔をされてしまった。

「おまえな……俺の一世一代の告白をどう考えてるんだよ」

「……ええと……謹んでお受けします……」

光紀が笑い出した。右手で遙の手を握り、左手で鮎川の手を握る。

「やったーっ！　パパとママだっ！」

今、ここに一つの家族ができあがった。

できたてほやほやのあたたかい家族が。


四月になって、光紀はめでたく小学一年生になった。

「せっかくいいお天気なのに、ゴロゴロしてないでよね、パパ」

両手を腰に置いて、小学生になって生意気に拍車のかかった光紀が、ソファで寝っ転がって、雑誌を読んでいる鮎川に言った。

「うるせぇ。休みの日ぐらいゴロゴロさせろ」

さっきまで、せっせと掃除をし、洗濯を終えたところだった。遙はキッチンで、休みの日恒例の作り置きをしている。

「だって、せっかく僕も遙先生もパパも休みなのにさ。こんなの年に何回あるの？」

まだ鮎川のもとに来て、半年にもならないのに、光紀は鮎川と遙の勤務状態を正確に把握してしまったようだった。

小学校に通うようになった光紀は、この春からちょうど始まった愛生会総合病院の学童保育に世話になっている。スタッフの子供を預かっている保育園が、スタッフの要望を受けて、学童保育も始めたのだ。そこに通っているので、生活自体は保育園の頃とほぼ変わらない。ただ、朝は遙に送ってもらうのではなく、遙と鮎川と三人で家を出て、遙と鮎川は病院に、光紀は学校に行くようになった。変わったのはそれくらいで、帰りは保育園に帰り、夕方までそこで過ごして、遙か鮎川が迎えに来てくれるのを待つ。その生活リズムもできて、三人は穏やかに暮らしていた。

心配していた玲奈の来襲もなく、どうやら、光紀が看破した通り、鮎川の父親は早々に光紀への興味をなくしたようだった。光紀の戸籍を調べて、鮎川は光紀が父親と養子縁組していないことを知った。遠からず、自分の籍に光紀を入れるため、鮎川は動き始めている。

「……そこまで言うなら、出かけよう。遙、出かけられるか？」

「え、ええ……大丈夫ですけど」

光紀の好きなハンバーグの種を作り、冷凍庫にしまって、遙はエプロンを外した。

「どこに行くんです？　お弁当とかいります？」

「ただの散歩だ。光紀、行くぞ」

すでに光紀は帽子をかぶり、靴を履いて待っている。本当に察しのいい子である。三人は連れだってマンションを出た。


「で？」

光紀が手を繋いでいる鮎川を見上げていた。

「ここ、何？」

「見てわからんか？」

「わからないから聞いてる」

相変わらずの会話である。遙が慌てて言った。

「モデルルームっていうんだよ、光紀くん。つまり、おうちの見本」

鮎川が光紀と遙を連れてきたのは、今住んでいるマンションとは公園を挟んだ場所にある新築マンションのモデルルームだった。高層マンションではないが、ゆったりとした作りで、ファミリー向けの物件だ。

「ふぅん……今の部屋より大分広いな……」

「4LDKですからね。へぇ……庭もある。一階には庭もついてるんですね」

「ええ」

案内してくれている不動産会社の女性スタッフがにっこりした。

「上に上がるとマンションという感じになるんですけど、一階に関しては一戸建ての風情があります。マンションの便利さと庭のついた一戸建ての雰囲気。お値段も上層階よりお安くなりますし、小さな子供さんのいらっしゃるご家庭には人気なんですよ」

「ここならお花植えられるね。僕、朝顔とひまわり植えたいな」

光紀が早速庭に興味を示した。今のマンションはベランダだけなので、庭に憧れがあるらしい。

「遙、キッチン広いぞ。対面キッチンだ」

「へぇ……おしゃれですね。収納もたくさんあるなぁ……」

「あら……会社から連絡が。申し訳ありません。ちょっと失礼します」

不動産会社のスタッフが席を外した。光紀は庭に出るドアが気に入ったらしく、何度もそこを出入りして遊んでいる。

「……ファミリー向けの物件なんて見て……どうするんですか？」

そう尋ねた遙に、鮎川は軽くそっぽを向いた。

「買おうかと考えている」

「そうですか」

あっさりと応じて、そして、遙は顔を上げた。

「ファミリー向けを？」

「ああ、そうだ」

鮎川が言った。遙はふわりと微笑む。鮎川がまたちょっと視線をそらす。

「おまえ……たまに色っぽい顔するよな」

「そうですか？」

そっと手を伸ばして、鮎川の指に指を絡める。

「……どうしてファミリー向け？」

「……言わなきゃわからないのか？」

春のあたたかい日射しの中で、光紀が遊んでいる。あそこに犬でもいたら、もっと可愛いかな。ここ、ペット可みたいだし。

「はい。言ってください」

遙は微笑む。

「一緒に……暮らさないか」

鮎川がゆっくりと言った。

一緒に暮らさないか。

僕とパパと先生と。

一緒に暮らして……家族になろう。本当の家族に。

あとがき

こんにちは、春原いずみです。

ラルーナ文庫は少しお久しぶりになりました。今回はタイトルそのままの（笑）可愛いぼくとドSなパパと女子力抜群の先生のお話です。

私は昼稼業と呼んでいる仕事を持っていて、その仕事で毎日のように子供さんたちに接しています。私的に一番可愛いのは、新生児から二歳くらいまでなんですが、圧倒的に面白いのは、五歳から七歳くらいです。このくらいになると性格がはっきりしてきて、しゃべらせるとめっちゃ面白い。だいたい男の子の方が面白いですね。先日、うちの外来に来た男の子は自分のクラス編成を事細かに語っていました。「一学年何人で、二クラスだから何人で…」ちなみにうちは整形外科、クラス編成関係ないです（笑）。光紀くんのモデルはうちの外来に来てくれるキッズたちです。いつもネタをありがとう！

鮎川と遙に関しては、ひたすら「壁ドン」を書きたかった。ただそれだけです。それだけで一冊書けてしまった自分にびっくりです（笑）。お料理上手でいいママになりそうな遙は一家に一人ほしいですね。鮎川は遠くから見ている分にはいいですが、あまり傍には来てほしくない…。ついでに言うなら、仕事もご一緒したくないです（笑。そんな私の昼稼業は診療放射線技師です。整形外科とのご縁は切っても切れません）。

そんな三人をとても可愛く、かっこよく、素敵に描いてくださったのは、加東鉄瓶先生です。とても丁寧に読み込んでくださって、イメージぴったりの三人を仕上げてくださいました。本当にありがとうございました。

編集のFさま、いつものネタ振りありがとうございます。今回はあんまり無茶ぶりじゃなかったかな（笑）。楽しく書かせていただきました。

そして、お読みくださったあなたに、両手いっぱいの感謝を。楽しんでいただけたでしょうか。幸せなひとときを過ごしていただけたら、嬉しいです。

それでは、またお目にかかりましょうね。SEE YOU NEXT TIME!

春原　いずみ

本作品は書き下ろしです。

ラルーナ文庫

この本を読んでのご意見・ご感想・ファンレターなどお待ちしております。〒111−0036 東京都台東区松が谷1−4−6−303 株式会社シーラボ「ラルーナ文庫編集部」気付でお送りください。

ぼくとパパと先生《せんせい》と

2019年2月7日　第1刷発行

著　　　者｜春原《すのはら》 いずみ

装丁・DTP｜萩原 七唱

発　行　人｜曺 仁警

発　行　所｜株式会社 シーラボ
〒111-0036　東京都台東区松が谷 1-4-6-303
電話　03-5830-3474／FAX　03-5830-3574
http://lalunabunko.com

発　　　売｜株式会社 三交社
〒110-0016　東京都台東区台東 4-20-9　大仙柴田ビル 2 階
電話　03-5826-4424／FAX　03-5826-4425

印刷・製本｜中央精版印刷株式会社

　ISBN978-4-8155-3206-2

LaLuna

毎月20日発売！ラルーナ文庫 絶賛発売中！

ぼくの小児科医《せんせい》

春原いずみ ｜ イラスト：柴尾犬汰

慣れない子育てに必死のピアノ講師、圭一。
小児科医との恋はゆっくりと滑り出して…。

定価：本体700円＋税

三交社